Las noches de Flores

Las noches de Flores

CÉSAR AIRA

S

Primera edición en este formato: junio de 2016

© 2004, César Aira
© 2016, de la presente edición en castellano para todo el mundo:
Penguin Random House Grupo Editorial, S. A. U.
Travessera de Gràcia, 47-49. 08021 Barcelona

Printed in Spain – Impreso en España

ISBN: 978-84-397-1046-2
Depósito legal: B-7.356-2016

Impreso en Reinbook Serveis Grafics S. L. (Polinyà, Barcelona)

GM1046R

Penguin
Random House
Grupo Editorial

Aldo y Rosita Peyró, un matrimonio maduro de Flores, adoptaron un curioso oficio en el que eran únicos y despertaban la curiosidad de los pocos que se enteraban: hacían *delivery* nocturno para una pizzería del barrio. No es que fueran los únicos en hacerlo, como quedaba patente por el ejército de jovencitos en motoneta que iban y venían por las calles de Flores, y de todo Buenos Aires, desde que caía el sol, como ratones en el laberinto de un laboratorio. Pero no había otra pareja madura (ni joven) que lo hiciera, y a pie, en sus propios términos.

Eran miembros muy característicos de nuestra vapuleada clase media, con una jubilación mediocre, casa propia, sin apremios graves pero sin un gran desahogo. Con salud y energía, relativamente jóvenes, sin nada que hacer, habría sido asombroso que no buscaran alguna ocupación con la que complementar su modesta renta. No se propusieron ser originales: el empleo surgió un poco por casualidad, por conocimiento con el joven encargado de la pizzería, y quizá también porque se parecía a un no trabajo. La crisis, que tantas adaptaciones extrañas en los hábitos venía produciendo, terminó de redondear la oportunidad: las pizzerías dejaron de financiar las motonetas, desde que percibieron que podían operar con repartidores con vehículo propio; hubo una drástica reducción de oferta de trabajo, y la que quedó se hizo más imprevisible pues los adolescentes dueños de motonetas se presentaban a trabajar sólo cuando necesitaban el dinero, y cambiaban de patrón a capricho. Los Peyró eran puntualísimos, responsables, y su paso a paso rendía. Les reservaban las entregas cercanas, de un radio reducido, y ni siquiera podía decirse que tardaran más que los motociclistas, ni que las pizzas llegaran frías. Cobraban el pequeño honorario establecido, más las propinas. Y además se obligaban a caminar, ejercicio recomendado a su edad, buenísimo para la salud, eso no necesitaban que se lo dijera un médico.

El trabajo los puso en contacto con una cara de la sociedad que de otro modo habrían ignorado. También con una cara de ellos mismos que no habría salido a luz. Como tantas parejas de su edad, se habrían ido «quedando» cada vez más, pasando las veladas frente al televisor, acostándose cada día más temprano. Al abrírseles la noche, se les renovaba una especie de juventud. Y los chicos extremadamente jóvenes que eran sus colegas de reparto en la pizzería los tomaban con la mayor naturalidad. Eran casi niños, o directamente niños desde la altura de la edad de Aldo y Rosita, lo que no les impedía aprender de ellos. Las generaciones al renovarse aportan cosas nuevas, que no tienen nada que ver con la experiencia, o ponen a la experiencia en otro plano. Estos chicos además eran especiales: las motonetas, los horarios nocturnos, la calle, les daban un carácter muy seductor de libertad, de audacia, de independencia; o quizá era ese carácter con el que habían nacido lo que los llevaba a ejercer el oficio. El encargado de la pizzería les confió una vez a los Peyró que ellos eran «una buena influencia» sobre la tropa juvenil; esa noche, en las largas charlas de las caminatas llevando las pizzas, le dieron vueltas a esa información, y concluyeron que las influencias siempre eran mutuas, y por fantástico que pudiera parecer, ellos también se enriquecían por lo que recibían.

Los trayectos tenían un dibujo muy peculiar por un curioso motivo. Peatones prudentes de la vieja escuela, cruzaban las calles sólo en las esquinas, respetando las luces de tránsito cuando las había, si bien el peligro de los autos disminuía bastante pasadas las diez u once de la noche. Disminuía y aumentaba al mismo tiempo, porque los vehículos, al ser menos, iban más rápido. Ahora bien, al caminar, Rosita se ubicaba siempre a la izquierda de Aldo, porque el oído izquierdo de Aldo funcionaba mejor que el derecho, y como siempre iban charlando de una cosa u otra, él prefería tenerla del lado por donde la oía más. Por una larguísima costumbre (siempre habían sido muy caminadores), él le cedía el lado de la pared, como había aprendido en su infancia que debía hacer un verdadero caballero, y se sentía incómodo cuando quedaban ubicados al revés. Para cumplimentar los dos requisitos al mismo tiempo, debían cambiar de vereda cada vez que doblaban una esquina. En determinados casos eso los obligaba a extensiones irracionales del recorrido; para minimizarlas, había siempre un trazado óptimo del trayecto. El cálculo puede parecer difícil, pero ellos lo hacían automáticamente.

Estos mapas virtuales se hicieron visibles, apenas visibles y durante un momento apenas, cuando se produjo una «guerra de motos», de las que eran frecuentes, pero que en esa oportunidad tomó un cariz virulento y espectacular.

Los motociclistas de cada establecimiento desarrollaban fuertes sentimientos de pertenencia al grupo y consecuentemente de rivalidad con otros grupos vecinos. Montados en vehículos que del modo más natural sugerían la competencia de velocidad, las carreras eran de rigor. En periódicas erupciones deportivas, se habían enfrentado en eventos de madrugada, cuando terminaba el reparto. Los circuitos elegidos eran las calles más despejadas, del lado norte de las vías, pero también lo habían hecho en el pobladísimo sector sur aledaño a la avenida Rivadavia, y hasta, una vez, en la avenida misma. De más está decir que todo era infracción en estos torneos, todo era peligro, y tormento para los vecinos, por el ruido infernal; más de uno habrá pensado, con buenos motivos, que eran competencias de estruendo más que de velocidad. Debían hacerlas breves como operaciones comando, porque la policía tardaba apenas unos minutos en aparecer; lo cual, sumado a los problemas de organización inherentes a la juventud de los participantes, su irresponsabilidad, la malevolencia entre grupos rivales, hacía de estas carreras un caos, por suerte fugaz. Los dueños de las pizzerías, a los que en definitiva se hacía responsables, habían prohibido terminantemente estas carreras, bajo amenaza de despidos masivos fulminantes; no ignoraban que si llegara a producirse una tragedia, y era un milagro que no hubiera habido una todavía, tendrían que pagar un precio muy alto, que inclusive podía sacarlos del negocio y arruinarlos. Fue uno de los motivos por los que dejaron de poner las motonetas, y ahora, cuando tomaban a un repartidor con vehículo propio les hacían firmar a los padres un documento eximiendo al establecimiento de responsabilidad por lo que pudieran hacer sus empleados motorizados, solos o en grupo, antes o después del horario de trabajo.

En realidad los enfrentamientos más pertinaces se habían dado no entre pizzerías sino entre éstas y otros rubros de entrega a domicilio: comida china, empanadas y heladerías. El peor era entre pizzas y helados. Justamente la carrera de la que fueron testigos los Peyró fue el desenlace de una serie de desafíos y rencores acumulados entre los repartidores de la pizzería para la que ellos trabajaban, Pizza Show, y los de la heladería Freddo. Si bien todos estos chicos provenían más o menos del mismo estrato social, se daba una suerte de identificación mimética con el establecimiento para el que hacían el reparto, o hasta con el producto que repartían. Los portadores de las democráticas pizzas se sentían obligados a representar a una clase popular sujeta a los altibajos económicos del país; por reacción, los conductores de las quince motos azules de Freddo, llevando los lujosos helados de sabores rebuscados sintonizaban con el *carpe diem* de una clase media derrochadora, imprevisora, antisocial. ¿Quién debía correr más? ¿El que debía conservar el calor, o el que debía conservar el frío? ¿Qué era más importante, el alimento o la golosina?

Ya les habían advertido, a unos y a otros, que no les tolerarían más locuras. Las últimas carreras habían producido toda clase de problemas con la policía. Lejos de amedrentarlos, esas amenazas los decidieron a subir la apuesta, y hacer un evento memorable.

El jueves del desafío, cuando las campanas de la basílica empezaron a dar la medianoche (debían dar cien campanadas de muerte, porque esa tarde había aparecido el cadáver de Jonathan, el niño secuestrado, caso que había mantenido en vilo al país durante una semana), treinta motonetas rugientes emprendieron una loca carrera… por la vereda, no por la calle. Nunca se vio nada más demencial y peligroso. Las veredas tenían menos de cuatro metros de ancho; treinta motonetas lanzadas a toda velocidad en esa franja exigua eran una ola abigarrada de metal, plástico, carne juvenil y ruido. Todos empujaban hacia el lado de la pared, porque el que se caía por el cordón a la calle debía esperar a la cola del malón para reincorporarse. Se producía una especie de zigzagueo compacto que, aun sin estabilizarse, aun sin dejar de ser un caos, permitía un aprendizaje de habilidad, y se hacía cada vez más rápido. En treinta segundos dieron la vuelta a la manzana, y saltaron a la manzana contigua, y de ahí fueron bajando, manzana por manzana, haciendo ochos, hasta Rivadavia (habían empezado en Directorio), adonde llegaron cuando daba la campanada noventa y nueve, y con la centésima se dispersaron, huyendo de los patrulleros policiales que confluían haciendo sonar las sirenas desde todas las comisarías de la zona.

Esa gran culebra de trueno dejó todo temblando. Los vecinos que dormían o se disponían a acostarse creyeron que se trataba de un terremoto; algunos llegaron a suponer que era el justo castigo del Cielo por la muerte de Jonathan. Los que se asomaron a los balcones y alcanzaron a verlos no daban crédito a sus ojos. Hay que reconocer que había motivos para que quedaran atónitos: la calle vacía, la procesión por la vereda. En general en la vida contemporánea no sucede nada. Si hay una noticia, la da la televisión, y tiene un modo de asimilarse muy rápido y dejar de ser novedad. Casi no existe la posibilidad de sorprenderse, porque la sorpresa siempre ha retrocedido ya al pasado inmediato, y sólo queda la repetición. Esto en cambio seguía vibrando, sin explicación, sin repetición.

Aldo y Rosita, que iban en camino a entregar la última pizza de la noche, los vieron pasar desde la vereda de enfrente. Aunque estaban sobre aviso de que se preparaba algo, porque habían visto confabular a los jóvenes, jamás se habrían imaginado que fuera esto. De haberlo sabido se habrían quedado en su casa. «Pero qué locos, qué locos», murmuraban viendo pasar esa especie de tren expreso de motonetas. Tardaron unos segundos, los pocos segundos necesarios para que la feroz caravana hubiera doblado la esquina, para pensar en su propia seguridad. Si no hubieran cruzado a la vereda de enfrente los habrían arrollado. «Por poco no contamos el cuento», dijo Aldo. Pero, un momento… ¿cuál era la vereda de enfrente? ¿Enfrente de qué? Porque los enroscamientos de ese circuito estaban transformando todo el tiempo un lado en el otro, el «enfrente» en el «enfrente del enfrente». El ruido proveniente del fondo del damero de las calles de Flores anunciaba un regreso inminente… Siguieron caminando. El suave calor y el aroma que irradiaban las cajas de pizza que llevaba Aldo con el piolín colgando de un dedo, ese microclima en el que avanzaban y se sentían protegidos, hoy no los protegía. Llegaron a la esquina cuando ya el arrebato rugiente los ensordecía, y cruzaron, sin pensar, sólo para quedar en su posición respectiva habitual… y el río de motos volvió a cruzarlos por enfrente. «¡Uf! ¡Otra vez nos salvamos!» Pero ¿era otra vez? Debía de serlo, porque se repitió en la cuadra siguiente, y en la otra, y en la otra… hasta que se agotaron las campanadas, y se terminó la carrera.

Tocaron el timbre, y un hombre bajó a buscar la pizza. Les pagó y les dio una generosa propina, felicitándolos por el «servicio ultrarrápido». Los sorprendió, porque a ellos se les había hecho una eternidad. Pero por lo visto habían venido casi corriendo. El hombre se quedó un momento más en la puerta, mirando hacia la esquina.

—Hace un rato se oía un ruido tremendo, ¿no vieron nada?

Tras una breve vacilación, Aldo respondió:

—Era una procesión de motos en honor de Jonathan.

· El hombre puso cara de circunstancias, y balbuceó algo, asintiendo: «Pobre chico... Pobres padres».

Cuando se quedaron solos y emprendieron el regreso, Rosita felicitó a su marido por la plausible mentira que había improvisado. De hecho, pensaron, podía ser una buena explicación para disculpar a esos chicos locos, si había una investigación policial en regla. Era muy verosímil que los repartidores de Flores hubieran querido hacerle un homenaje a su modo al niño asesinado, ya que él también había ejercido el oficio en su motoneta, y además era del barrio.

Claro que a los responsables la idea no se les había cruzado por la cabeza. Lo que habían hecho, lo hicieron por la pura exuberancia animal de sus vidas y sus motos, quizá también por la libertad que les daba la medianoche. Y no podía descartarse del todo la exaltación de la muerte, que había tendido un manto de melancolía sobre toda la Argentina, pero en ellos podía haber efectuado una reacción de tipo: «Si Jonathan está muerto, todo nos está permitido».

La idea de la «desgracia», con que pretendían asustarlos y llamarlos a la prudencia, no les era tan ajena. Por el contrario, la tenían muy presente, apostaban con ella, era la levadura de sus desafíos. Pero tomaban la muerte de un modo impersonal, como las «bajas» estadísticas que se dan en toda guerra. Era la posibilidad de máxima de su participación en el grupo. Quizá eran demasiado jóvenes para pensar de otro modo. Si morían, se convertirían en una estrella en la motoneta de su contrincante. Cuando esa tarde las pantallas de todos los televisores se llenaron con la espantosa noticia de la muerte de Jonathan, asesinado por sus secuestradores, la decisión, ya tomada, de correr la carrera más peligrosa que hubiera concebido nunca la imaginación, tomó sentido, se hizo inevitable. La muerte como un cielo negro llamaba clamorosamente a los astros, a los puntos de luz brillante. Y la forma de la carrera, el enroscamiento de vueltas y revueltas en la medianoche, evocaba la formación de una de esas galaxias espiraladas llena de mundos. ¡Qué podía importarles lo que opinaran los adultos! Eran independientes. La luz que los iluminaba desde dentro era su inserción en el mercado laboral.

Claro que no se podía generalizar. Por un lado eran una horda homogénea generacional, que pensaba igual y reaccionaba al unísono; por otro, eran todos distintos. Rosita y Aldo participaban de las dos visiones. Uno de los líderes del «grupo de tareas» de Pizza Show era un chico de catorce años, Walter. El padre, divorciado, pagaba la culpa de su abandono del hogar con costosos regalos más allá de sus posibilidades; uno de ellos había sido la bella motito japonesa que Walter cuidaba como la niña de sus ojos. Estudiaba en el Liceo Aeronáutico y era tan brillante que ya podía armar y desarmar GPS, y le habían ofrecido un buen empleo en un taller de reparación de esos aparatos. El GPS (*Global Positioning System*) era una pequeña maravilla tecnológica que había revolucionado la navegación y la localización, el equivalente moderno de la brújula; enviaba una señal que captaba un satélite, y el satélite la devolvía en forma de coordenadas que lo ubicaban en el territorio con una precisión de centímetros; esas coordenadas se traducían en una pantalla que hacía de mapa, y en el mapa un puntito luminoso indicaba el sitio donde se hallaba el GPS. Los modelos chicos entraban en el bolsillo, y no eran menos exactos que los grandes, que usaban los jets de línea o los barcos o los trenes. Los usaban montañistas, navegantes a vela, simples excursionistas; los autos nuevos ya traían GPS de fábrica (la prima del seguro por robo bajaba en ese caso); en poco tiempo más los usarían las madres para no perder a sus hijos en los supermercados o en las plazas. La aceleración del progreso científico había hecho que su uso se generalizara de un modo casi subrepticio, pues el grueso de la población seguía ignorando su existencia, y los que se enteraban seguían viéndolo como un juguete mágico o como un secreto de la NASA. Parecía increíble que hubiera, y que hubiera en Buenos Aires, un taller de reparación de GPS descompuestos; pero era una realidad, y Walter podía dar fe de que no era el único ni el más grande, y de que entraban cincuenta aparatos por día para reparar. Más asombroso podría haber parecido que ahí tomaran para hacer las reparaciones a un chico de catorce años, cuando la complejidad de esa tecnología habría hecho pensar que se necesitaba por lo menos un ingeniero recibido en una universidad norteamericana. Pero era lo normal, y todo el mundo lo aceptaba con naturalidad. Se sabía tan poco del funcionamiento de un GPS como del funcionamiento de la mente de un adolescente moderno.

Más sorprendía otra cosa: que meses después de haber recibido esa oferta Walter siguiera de repartidor en Pizza Show. Era fácil calcular que el sueldo tenía que ser varias veces superior, y las perspectivas mejores. Al principio había alegado un problema de horarios, pero en realidad era al revés: como iba al colegio por la mañana, el trabajo nocturno del reparto era el que no le convenía. Dijo que le gustaba, simplemente. Que lo exaltaba salir a toda velocidad por las calles oscuras de Flores con una pizza, el sentimiento de libertad, de aventura (y de que le pagaran por hacerlo, porque, si no, daba lo mismo que saliera a vagabundear). Y la camaradería, el grupito estacionado en la vereda de la pizzería, las charlas interrumpidas por la partida intempestiva de uno u otro, la lealtad al grupo. No eran argumentos muy convincentes. Tanto, que terminó poniendo como excusa la Gran Carrera de las Galaxias, de cuya organización fue el alma máter.

Había una causa secreta de su permanencia, y tenía que ver con una vieja leyenda, según la cual, oculta en las hordas de repartidores motorizados de Flores había una chica, que se hacía pasar por varón. Era inevitable que del imaginario colectivo brotara esa fábula. En una época en que los dos sexos compartían de igual a igual todos los trabajos, por algún motivo inexplicable el *delivery* había quedado en el dominio exclusivo de los adolescentes varones. Lo inexplicable era el punto de partida; la romántica sed de amor y de misterio de la edad hacía el resto. En la mente inquisitiva y precisa de Walter la fantasía tomó el peso de la certeza, y coloreó su vida entera como una pasión. Sus sospechas giraron en espiral por todo ese pequeño mundo nocturno, de camarada en camarada y de moto en moto. Ni por un instante se le ocurrió que él también podía ser objeto de suspicacia. Era bonito como una niña, de piel de alabastro, ojos dulces con largas pestañas, cabello fino, manos de muñeca, delgado y liviano como un gato. Además, la moda imponía unas prendas holgadas, superpuestas, ideales para el disfraz de sexos; y él siempre andaba vestido a la última moda. Era casi demasiado elegante.

Una compleja serie de indicios y razonamientos, o intuiciones, o quizá sueños despierto, lo llevó a centrar sus sospechas en un chico llamado Diego. Como suele suceder en esos casos, había algo de reacción retardada, de «cómo no lo pensé antes», en esta conclusión, que no era tal porque la intriga se continuaba y se hacía más densa. Diego había trabajado con él en el reparto del Noble Repulgue, una casa de empanadas; tenía una vieja motito roja, prestada, y entonces a Walter le había parecido simpático, un poco tímido, muy prudente, como todos los que usaban motos prestadas. Cuando Walter se pasó a Pizza Show, Diego se fue con él, cosa que lo sorprendió porque no habían tenido una relación especialmente cercana; al contrario, Diego se había mostrado todo el tiempo más apegado a otro repatidor, el mayor del grupo, en consonancia con la necesidad de protección que parecía sentir. Pero se fue con él, y eso lo halagó. Salvo que al poco tiempo volvería a sorprenderlo yéndose a trabajar a Freddo, sin explicaciones como no fuera la que pudo suponer: que no le habían renovado el préstamo de la motoneta, y entonces era lógica la mudanza a la gran heladería, que era el único establecimiento en Flores que seguía poniendo los vehículos, las famosas quince motos azules con cajas térmicas.

Diego andaría por los catorce o quince años, era pequeñito, aniñado, de piel cetrina y ojos rasgados, entre coreano y boliviano, hermoso a su manera. ¿Por qué a Walter tuvo que ocurrírsele que era una chica? Por su timidez, por su misterio, por sus desplazamientos sin explicación, o porque su atención se había posado en él, simplemente. Bajo esta luz, el paso a Freddo tomaba un significado distinto, como una traición o una provocación. O quizá como una especie de mensaje cifrado. Lamentaba no haberlo examinado con más atención cuando lo tenía cerca, cuando trabajaban juntos. Pero la atención siempre operaba así, un poco anacrónica, casi burlona: se despertaba cuando su objeto se había apartado. Buscaba en la memoria, y ahí sí los deseos errantes se fijaron en el instante. Uno de los rasgos con el que se había enriquecido la leyenda era la velocidad fantástica que desarrollaba la motoneta de plata de esa chica lunar, que le permitía burlar a todos sus perseguidores varones. Y creía recordar… que Diego volvía demasiado pronto de sus misiones, o que su motoneta mágicamente dejaba de hacer ruido a poco de salir, cuando se perdía en la oscuridad de una calle lateral… Pero concluía, razonablemente, que la memoria podía engañarlo.

Fue así como tuvo la idea de hacer esa loca carrera por las veredas. La organizó para volver a tener cerca a Diego, en el tumulto de las vueltas, y obligarlo a entregar su secreto, una vez que le hubiera colocado subrepticiamente un GPS en su moto. Los ochos furiosos en medio de la noche harían retroceder el tiempo hasta donde lo necesitaba.

Al día siguiente, mejor dicho a la noche siguiente, todo había vuelto a la normalidad. Ni siquiera hubo demasiado escándalo, por la coincidencia con la noticia de la muerte del joven secuestrado. Apenas si en el diario un recuadro decía que «sus compañeros» habían hecho «un desfile nocturno en su honor», acompañando el tañido de las campanas y la última oración por su salvación. Toda la semana el tránsito en Flores había estado dificultado por las «cadenas de oración» que se organizaban frente a la basílica y cortaban Rivadavia. La idea era que la oración se encadenara en toda la ciudad, en todo el mundo, día y noche, y llegara al cielo. Evidentemente no había llegado, o el destino de ese pobre chico era morir. Que él hubiera repartido pizzas humildemente por las noches, después del colegio, hacía más monstruosa la actitud de los secuestradores; el padre era un pequeño empresario que jamás habría podido reunir el millón de dólares que le pedían, ni la décima parte, y según él ni siquiera la centésima parte. La delincuencia jugaba a un azar demencial.

Aldo y Rosita habían vuelto a su rutina. A las nueve partían con su primera pizza, volvían lento, volvían a partir rápido, Aldo sosteniendo por el piolín las cajas tibias, Rosita con una bolsa doble con cerveza o gaseosa, el papelito con la dirección, y a veces el cambio; la dirección era lo único que variaba. Se reflejaban en las puertas de vidrio de los edificios, se veían pasar, y otros también los veían: quiosqueros, floristas, mozos de cafés que atendían mesas en la vereda, gente que se sentaba a la puerta de su casa. Algunos los seguían con una mirada intrigada, cuando ya los tenían vistos de otras noches, o de otras veces la misma noche. No podían concebir qué hacía esa pareja de jubilados de clase media volviendo a pasar cargados de pizzas, una y otra vez. El *delivery* estaba tan identificado con los chicos en motos que a estas dos figuras anacrónicas y a pie había que buscarles cualquier otra explicación. Ellos se daban cuenta, y los mortificaba un poco. «En este país —decía Aldo—, hay que pedir disculpas por trabajar.» Pero poco a poco todos los intrigados irían sabiendo la verdad; si no funcionaban sus poderes de deducción, de los que realmente no se necesitaba mucho, se lo diría alguien, y ellos se lo dirían a alguien más. Así es como se van haciendo las famas, y ellos por su originalidad estaban condenados a la fama. Cuando ya no estuvieran (porque nadie es eterno) se los contaría como una leyenda.

¿Tendría historiadores la crisis? En todo caso, ellos pertenecían a la historia menor. Tan menor que era como si cambiara de dimensión, y allí en la microscopía hubiera que preguntar: ¿qué crisis? Porque la gente seguía pidiendo pizza por teléfono, y pagaba alegremente el servicio. En el fondo había una paradoja: la crisis obligaba a un matrimonio mayor a hacer algo tan extraño como repartir pizza por la noche, pero el reverso de la crisis hacía que los emplearan porque la venta a domicilio de pizzas había aumentado tanto que los repartidores habituales no daban abasto.

Esa noche se detuvieron varias veces, aquí y allá, a contemplar unas pintadas que habían aparecido en las paredes del barrio: «Jonathan vive». Curioso que hubieran esperado a la confirmación de la noticia de su muerte para hacerlas. Pero precisamente tenían ese sentido. Los muertos jóvenes tenían ese tipo de sobrevida legendaria.

–Jonathan… –murmuró Rosa.

–Qué nombrecito, pobre chico. Ya no saben qué desastre hacer con los hijos que tienen. Jonathan, Brian, Alexis…

–Sin embargo, debe de ser por la costumbre, pero Jonathan suena bastante natural, ¿no? –Rosa era una componedora nata. Su marido en cambio era de opiniones más fuertes:

–Eso es porque ya está pasado de moda. Deben de estar pensando cosas más ridículas todavía: Cintio, Senecio, Armindo…

–Ahora –dijo Rosa con un airecito pensativo–, todos van a querer ponerle «Jonathan».

Aldo dio un respingo:

–¡Estás loca, mujer! ¡Qué futuro!

Rosa se refería, oscuramente, al nacimiento de un culto. Había pasado con Gilda… Pero, qué curioso, no había habido una tanda de «Gildas», posiblemente porque el nombre no atraía la imaginación del pueblo. Además, había una diferencia entre morir de un accidente en la ruta y morir secuestrado porque el padre no había podido pagar el rescate.

La delincuencia sí era una consecuencia directa de la crisis. Había aumentado tanto que salir a la calle ya era arriesgar la vida, sobre todo de noche. La población estaba amedrentada, y no era para menos. El medio por el que fluía el miedo era la televisión, que últimamente había hecho de la criminalidad su tema exclusivo. De no ser por la ocupación que los sacaba de su casa, Aldo y Rosa también habrían quedado reducidos a la información de la pantalla. Pero lo veían tal como era: familias durmiendo en la calle, bandas juveniles haciendo destrozos, viejos y niños abandonados, borrachos. En el escenario mismo de los hechos, la perspectiva se invertía: uno ya no se sorprendía de que hubiera tanto crimen, sino de que no hubiera más. ¿Qué esperaban para empezar a matar, demoler, incendiar? Aldo, siempre extremista, decía: «Si tuvieran un mínimo de dignidad no pedirían limosna: robarían». Y concluía, fatalista: «Ni siquiera eso les hemos dejado». Su esposa se hacía cruces.

Tiempo después se enteraron de algo bastante inquietante: que a ellos dos los mandaban a las direcciones más sospechosas, donde los chicos se negaban a ir. Los delincuentes, que no perdonaban nada, se habían apuntado al *delivery* también. Originalmente el truco había consistido en «esperar la pizza en la puerta», por una imaginaria impaciencia, o para ahorrarle al chico el trabajo de tocar el portero eléctrico... Por supuesto, daban una dirección cualquiera, de un edificio insospechable pero donde no vivían, y que estuviera en un sitio convenientemente solitario, se estacionaban en la puerta, cuando el chico llegaba lo despojaban de la pizza, de la moto, del casco, del reloj, de las zapatillas, y de la plata (porque al llamar decían que iban a pagar con un billete de cien, y había que llevarles el cambio). Muy bien, no se aceptaban pedidos en los que no hubiera que llamar por el portero eléctrico, y los repartidores seguían de largo si veían gente en la puerta del edificio. Pero las trampas se fueron haciendo más sutiles. Eso es inevitable: los delincuentes siempre están un paso adelante de sus víctimas, siempre están inventando algo nuevo, y uno no puede admirar su ingenio sino a posteriori. De modo que los pedidos sospechosos eran sospechosos por causas relacionadas con el misterio, con la ley de las probabilidades, con los matices de la suspicacia. Y ahí era donde iban los Peyró. A veces la gente honesta tiene que pensar como delincuente, para adelantarse a los hechos. Y así era como el telefonista que distribuía los pedidos les asignaba sus misiones a los Peyró.

A ellos nunca les pasó nada. Tenían un dios aparte. Eso contribuía a explicar el empleo raro que tenían, pero no agotaba la explicación. Quedaba por interrogarse sobre la velocidad. ¿Cómo podía competir una pareja mayor caminando del bracete, sin apurarse nunca, con las motonetas que corrían en contramano y pasaban los semáforos en rojo y se escurrían entre autos y peatones? Era como la carrera de Aquiles y la tortuga. Salvo que en realidad no había carrera; no había competencia; iban en dimensiones distintas. No se cansaban nunca. O se cansaban deliciosamente, como uno se puede cansar de los placeres. Apenas si llegaban a sentir una especie de lentitud cuando volvían, caminando, a su casa, a eso de la una, en el barrio que a esa hora era de una paz perfecta. Se acostaban y se dormían profundamente.

En el último tramo, cuando volvían de entregar dos pizzas grandes en una casa en ruinas de la calle Mendes de Andes, y enfilaban para su casa, en un agradable adormecimiento, vieron una pintada en un paredón. Gruesas letras negras, a brochazos, con un brillo de negro dentro de la oscuridad, como si la pintura estuviera fresca todavía: «Walter y Diego». ¿Qué querría decir?

«Walter y Diego.»

Un tema sobre el que solían volver las conversaciones del matrimonio era la memoria. Los dos le acreditaban al otro una memoria «de elefante» y se lamentaban de la falta que sufrían de ese tesoro. «Vos sos la que te acordás», decía él, y ella: «No, vos sos el que te acordás», y se ponían a prueba sin poder decidir nada porque a veces se acordaba uno, a veces el otro, a veces los dos, a veces ninguno de los dos, y la mayoría de las veces cada uno se acordaba de algo distinto. La memoria era caprichosa, casual, imprevisible. Aldo decía que aun siendo un gran olvidadizo, él podría recuperar, si se pusiera, todo lo que le había pasado en su vida, hasta el último detalle, con un método que tenía pensado, y que si no ponía en práctica era porque no sabía para qué podía servir. Ese método no exigía más instrumentos que un cuaderno, una lapicera, y largas y pacientes sesiones de rememoración. Al acordarse de algo había que anotarlo de inmediato, con redacción clara y sin omitir ningún rasgo del recuerdo (sin agregar nada tampoco). No importaba que fuera un hecho importante o trivial, lejano o cercano en el tiempo. No importaba el orden. Según fueran viniendo, se los anotaba, y ya quedaban registrados. Con el tiempo, llegarían a estar todos, y entonces sólo habría que ordenarlos.

Su esposa, que nunca le llevaba la contra, pero tampoco nunca le daba toda la razón, opinaba que ese sistema era demasiado mecánico, y despojaba a la memoria de su poesía y su encanto. Él pensaba exactamente lo contrario.

—¡Hay tantas estrellas en el cielo! ¿Cómo acordarse de todas?

Esto lo dijo un ser extraño, mitad murciélago, mitad loro, de un metro de alto, que se descolgó de un árbol al paso de los Peyró, y siguió caminando con ellos, con un garbo precario, sobre piernas demasiado cortas y zapatitos de goma roja.

—Yo he estado en muchas de ellas, ¡en muchísimas! Mi vida ha transcurrido de estrella en estrella, y si quisiera escribir mi autobiografía, ¡me haría un lío de padre y señor nuestro!

Evidentemente había estado escuchando la conversación, en la que intervenía con desparpajo y un argumento difícil de asimilar.

Más que perplejos, Aldo y Rosita estaban incómodos. Se habían acostumbrado a hacer sin compañía sus trayectos, y de pronto comprobaban la verdad del viejo dicho: «Tres, son multitud». ¿Debían hacer causa común en defensa de la memoria, renunciando a la deliciosa divergencia que los mantenía interesados? ¿O uno de ellos debía darle la razón al intruso, y dejar al otro a cargo de la contradicción? Cambiar de tema no parecía una buena solución, porque con cualquiera pasaría lo mismo. Además, no sabían si les correspondía adaptar su paso al de este turista astral, o dejar que él siguiera adaptando el suyo al de ellos, como venía haciendo, con notoria dificultad, desde que bajara del árbol.

Les ahorró la decisión al no darles tiempo de responder:

—Por suerte, tratándose de nuestro querido firmamento, el problema está fuera de lugar porque allí la memoria es objetiva e impersonal. Todas las carambolas de constelaciones se reconstruyen por sí solas, porque el tiempo y el espacio, en las honduras infinitas del universo, nacen cada vez y cada vez son su propio origen y disposición. ¿Dónde estuve antes? ¿Dónde después? ¡Qué importa!

Soltó una carcajada escalofriante. Habían llegado a la esquina. Cruzaron dos veces, con la esperanza de sacárselo de encima, pero seguía firme con ellos, un poco desconcertado por las maniobras de reacomodación respectiva del matrimonio, y no dejaba de hablar.

—Ah, no… por acá… perdón… pensé… creo que me metí mal… ahora sí… —Una danza frenética de sus zapatitos rojos acompañaba los balbuceos.

Rosa no pudo evitar una ironía:

—Por lo visto, no era tan eficaz, la «ubicación por las estrellas».

Recuperado el ritmo de marcha, el pequeño entrometido arremetió con agresividad:

—¿A qué se refiere, «Doña Rosa»?

Fue un golpe maestro. A la sorpresa de que supiera su nombre se unía el escarnio de ese «Doña Rosa», que la televisión había popularizado como el prototipo de la señora de su casa que no entendía nada de lo que pasaba en el mundo. Tan descolocada quedó que fue su turno de balbucear, culposa:

—Supuse que usted se refería… a ese aparatito para localizar los autos robados…

—Yo no uso aparatos, mi querida señora. En todo caso, soy un aparato, ja, ja, ja.

El eco de la carcajada se fundió con el escape de una motoneta que venía en dirección opuesta a ellos por el medio de la calle, en contramano, por suerte no había tránsito a esa hora, ni gente, y era una calle muy oscura. Cuando los cruzaba, en medio de una acelerada ensordecedora, de adentro del casco del motociclista salió una voz juvenil:

—¡Nardo puto!

Y el monstruito replicó, sacando de su pecho abombado de loro un vozarrón futbolero:

—¡Comilón!

Asimilaron este intercambio mientras el tableteo de la motoneta se alejaba.

—Perdón —dijo Aldo tratando de darle a su curiosidad un tono lo más natural posible—, ¿es… «Bernardo»?

—Caballero, ya que estaba podría haber preguntado ¿es… «puto»?

—No me meto en la vida privada de nadie. Solamente me llamó la atención el nombre. Como usted había estado hablando de Doña Rosa…

—Ya que le interesa, le diré que no es Bernardo, sino Nardo. Las dificultades de audición no deberían interponerse en una cortesía tan básica como pronunciar bien el nombre de un interlocutor.

—Perdón.

—Me presento: Nardo Sollozo, el Pulgarcito de las Estrellas.

—¡Qué personaje! —le dijo Aldo a su esposa cuando quedaron solos—. Si lo contamos, no nos creen.

Quizá había visto mal. Esas calles por las que iban y volvían estaban muy oscuras. Los focos de luz de mercurio solían fallar, y se volvían una estrellita rosada. Pero aun cuando estaban encendidos el follaje de los árboles los velaba, y se formaban unas sombras inquietantes sobre las veredas rotas y agujereadas. Rosa y Aldo ya se habían aprendido de memoria estas irregularidades, y su avance pausado, siempre del bracete, los preservaba de las caídas, que a su edad empezaban a ser peligrosas. Sentían que cada noche las calles estaban más oscuras, y se preguntaban a qué podía deberse. ¿Habría menos tensión? ¿Saldría menos luz de las ventanas y puertas de edificios? Esto último podía ser efecto de la crisis: la gente se cuidaba en el gasto de electricidad, como se cuidaba en todos los gastos. ¿O habría simplemente un crecimiento de las sombras?

Este progresivo oscurecimiento era coherente con la aparición de personajes extraños de la noche, como Nardo, que les dejó una impresión tan fuerte.

Flores era un barrio con muy poca oferta gastronómica. Siempre había sido así, siempre sería así; los barrios se configuran como destinos. Los que realmente querían salir a comer afuera terminaban mudándose, por ejemplo a Palermo. En cambio era el paraíso del *delivery*. Los estudios de mercado habían determinado que en Flores se pedía un ciento sesenta por ciento más de pizza a domicilio que en cualquier otra circunscripción de la ciudad. Había que vivir ahí, y transitar las calles después de la puesta de sol, para calibrar la magnitud del ejército de motonetas que las invadía. Esa restricción barrial había hecho que las autoridades no tomaran medidas serias respecto de los muchos peligros que provocaban los motociclistas adolescentes. Se habían hecho a la idea de que eso pasaba «en otra parte». Ni siquiera se había intentado una campaña de educación vial; a esos jóvenes nadie les había dicho nunca que debían obedecer las direcciones de las calles de mano única (que eran todas) ni que debían detenerse ante un semáforo en rojo, o no circular por la vereda. Las cartas que enviaban los vecinos a los diarios, y que se publicaban como un pintoresco exotismo, sin darle mucho crédito, quedaban sin efecto; Flores era un mundo aparte.

En invierno a las diez de la noche era un páramo. Subsistía algo de vida en Rivadavia, pero los que pedían pizza nunca vivían en Rivadavia sino en las calles laterales, donde sólo corrían los vientos helados, y a veces, en contramano, una motoneta. Si no hacía frío, era una niebla color lacre que iba espesándose hasta la medianoche. Una humedad pertinaz, esa verdadera maldición de Buenos Aires, atacaba las gargantas.

El verano era el premio de nuestros amigos. Después de un bochornoso día de sol, la noche bajaba como una bendición. Y ellos debían salir, después de pasar el día encerrados; era al revés que casi todos sus contemporáneos. La oscuridad los transportaba como una eternidad; la gente que llenaba las calles, las ventanas abiertas, eran una compañía solitaria a través de la cual se deslizaban como dos sombras bienhechoras, con la pizza.

El otoño en Buenos Aires es otra clase de verano. Daba la impresión de que nadie se resignaba a renunciar a lo eterno. Las primaveras son lluviosas, pero con la lluvia, como bien lo dice la sabiduría popular, no hay más que esperar a que pare. Ahí se producía el verdadero milagro: por más que esperaran, la pizza llegaba a tiempo, caliente, crocante, sabrosa, la excelente pizza de Pizza Show (baratísima). Y como el milagro los justificaba y los explicaba, para ellos siempre era primavera, siempre florecían los árboles y empollaba el zorzal gritón y subía de la tierra el aroma del amor.

Era inevitable que con el paso del tiempo empezaran a hacer conocidos entre la clientela habitual. El proceso se acentuó justamente porque los mandaban a las direcciones sospechosas. Por ejemplo cuando daban por teléfono la calle y el número, nada más. «¿Casa o departamento?» preguntaba el pizzero desconfiado. Y del otro lado de la línea venía una explicación confusa, «ni una cosa ni otra... es una casa dividida... es un pasillo, al fondo hay una casa pero adelante hay un departamento, que en realidad es un local... es A y B pero que no toque en ninguno de los dos... la entrada está a la vuelta...». Era un barroquismo catastral de nunca acabar. Olía a trampa de aquí a la China. La anotación se volvía un garabato lleno de tachaduras, y entonces... ¡es una misión para Aldo y Rosa! Ningún chico aceptaría ir. La alternativa era negar el servicio, con alguna excusa; pero eso significaba la posibilidad de perder un cliente genuino. La pizza salía del horno y allí iban, a la aventura. Puede parecer una maniobra cínica y hasta criminal, como si dijeran: si van a matar a alguien, que maten a estos viejos que ya vivieron, y no a un niño, lo que además de ser una injusticia demográfica nos traería problemas con los padres. Algo de eso había, pero también había justificaciones más atendibles: los delincuentes que hacían estos llamados eran ladrones, no asesinos, y su objetivo principal era la moto; una muerte sólo podía sobrevenir en caso de que el motociclista defendiera su vehículo; al mandar un repartidor a pie, se los frustraba, y lo más que podían robar era la pizza misma. Además, podía especularse con el beneficio de la sorpresa: un malviviente que preparara una trampa para el repartidor de pizza no podía sino esperar a un chico en una moto, y encontrarse con un sonriente matrimonio mayor tenía que desconcertarlo. Tampoco había que descartar la ventaja de que fueran dos. Y, completando el círculo, seguía siendo verdad que, a diferencia de los repartidores convencionales, ellos eran mayores de edad, y por lo tanto legalmente responsables: si les pasaba algo, no se los podía culpar más que a ellos mismos, por haber aceptado acudir. Que aceptaran por inocentes, por mal informados, era otro cantar.

En el fondo de la cuestión estaba no tanto el hecho de que la pizzería no quisiera perder ninguna venta como la verdad ampliamente confirmada de que todos los pedidos eran auténticos y de buena fe. Había que resistirse a la paranoia. Y la circunstancia de contar con esta pareja de repartidores excepcionales, tan únicos, hacía posible jugar una carta de efectos potencialmente arrasadores en esta resistencia.

Lo sospechoso dejaba de serlo, o de serlo tanto, cuando uno se ponía a pensar dónde vivía la gente. La norma era que viviera en una casa o un departamento, y que tuviera una dirección simple adecuada a una casa o un departamento. Pero en este caso la norma era la excepción. Sólo los domicilios que no tenían historia se ajustaban a la perfecta simplicidad de una calle y un número. Cuando intervenía el tiempo las cosas se complicaban, porque se habían hecho subdivisiones, adaptaciones, superposiciones, la «construcción de la construcción»; y esa complicación no era fácil de expresar; había que inventarle una lengua. Aquí la ciudad revelaba su naturaleza de laberinto espaciotemporal, y sus habitantes ejercían su derecho a pedir pizza y a esperarla, y que llegara.

Si no llegaba, llamaban enojadísimos reclamándola. Si llegaba (y llegaba siempre), pagaban y se la comían, sin pensarlo más. Pero quedaba latente un sentimiento de eficacia milagrosa, que se explicaban por la ventajas de la vida moderna, pero en el fondo permanecía sin explicación, y ese resto mágico, aunque oculto y subliminal, recaía sobre el sistema de *delivery*, invistiendo a sus manifestaciones visibles, los repartidores, de un aura de poder y misterio.

Aldo y Rosita eran el misterio dentro del misterio. A la primera reacción que provocaban cuando el cliente que abría la puerta se los encontraba con la pizza, a la sorpresa y el desconcierto («¿Dónde está la moto? ¿Dónde está la juventud?») seguía un marcado gesto de reconocimiento. Los jovencitos de la moto eran eso y nada más, chicos intercambiables, motos en serie. Un matrimonio al borde de sus bodas de oro, en cambio, era algo que había llevado mucho tiempo hacer, y la historia que arrastraban los identificaba.

—¡Ah, vinieron ustedes! ¿Cómo les va? Qué calor, qué frío, qué tiempo loco. ¿Todo bien? ¿No se tomaron vacaciones? ¿Qué se sabe de ese pobre chico? ¿Vieron el noticiario? ¡Pobrecito! ¡Cómo estarán los padres! Ese borracho que estaba haciendo escándalo en la esquina… ¿No lo vieron? Ya se fue, por lo visto. Todavía no recogieron la basura, fíjese el desastre que hacen los perros. Qué buen ejercicio que hacen ustedes, nosotros deberíamos caminar más. Pero ¿de dónde sacar tiempo? El ejercicio físico activa la segregación de endorfinas, las droguitas de felicidad que produce el cerebro. ¿Usted también era de los que creían que el cerebro no sirve para nada?

Y, entrando un poco más en confianza:

—¿No quieren pasar? ¿Un Gancia? Están transmitiendo en directo de la casa del chico, parece que los secuestradores volvieron a llamar. No dan ningún otro dato.

Si era invierno:

—¿Un cafecito?

Si era verano:

—¿Un refresco? ¿Un vaso de soda? Hay que cuidarse de la deshidratación. Por suerte a esta hora refresca.

Ellos rechazaban cortésmente las invitaciones porque los esperaban, siempre estaban esperándolos con más pizzas, los pedidos se multiplicaban, pero los retenían un momento más con algún comentario.

—Yo no sé cómo insisten en pedir una prueba de vida. ¿Y si les mandan un dedo, o una oreja? ¡Pobre ángel!

ROSA: Se queda sin dedo o sin oreja por el resto de sus días, porque no le va a volver a crecer, eso es seguro.

ALDO: A un dedo cortado, ¿le sigue creciendo la uña?

Un pedido telefónico:

—Hola, ¿hablo con la pizzería?

—Sí, señora.

—¿Podrían mandarme…?

—Dígame.

—Tres pizzas grandes de las más baratas.

—Mozzarella. ¿Algo más? ¿Fainá?

—¡No, no!

—¿Adónde se las llevamos?

—José Bonifacio diecinueve, eh… setenta y dos.

—¿Casa?

—Setenta y… seis. Sesenta y seis.

—¿Sesenta y seis? Uno nueve seis seis. ¿Es casa?

—Setenta y… dos, mejor. Que entre por la puerta del patio, pero que llame por la puertita de la cocina, que no tiene número.

—A ver…

—Es que remodelaron toda la entrada.

—¿Es una casa?

—Sí, pero es un convento. Es un instituto sagrado para señoras…

Con una decisión brusca, les decía que en media hora tenían sus tres pizzas, ya pensando: «Aldo Peyró y señora», una misión típica para ellos. Y allá iban, con total convicción, aunque las instrucciones eran ambiguas.

Efectivamente, tuvieron que meterse en un patio modernista, al costado de la entrada principal del edificio, que era muy grande; en esa entrada había un cartel de papel pegado al vidrio, que decía «Se toma la presión». El patio estaba rodeado por entero con un seto bajo, con unas florecitas diminutas, redondas como monedas de cinco centavos, de tres colores: amarillas, rojas y rosadas, brillantes a la luz de la luna. El centro lo ocupaba una fuente con una estatua de aluminio. Le dieron la vuelta y eligieron, entre dos puertas tras sendas aberturas del seto, la del fondo, que era la más pequeña y discreta. Les abrió una monja.

No se lo dijeron, pero les pareció muy extraño que las monjas pidieran pizza. Sin embargo, no tenía nada de raro. También eran seres humanos, y tenían sus urgencias. De hecho, esa ocasión fue el comienzo de una relación duradera, y bastante amistosa. No eran monjas de clausura, pero tampoco de las más mundanas. Administraban una casa de retiro para mujeres mayores, que según cálculos de Aldo debía de ser una mina de oro. Cada pensionista pagaba mil pesos al mes, y había tres pisos de cuartos, grandes eso sí, en realidad departamentos, con salita y baño. Nunca subieron, pero solían ver las ventanas iluminadas, abiertas en verano: muebles de estilo, cortinados, pianos de cola, cuadros. Las señoras debían de mudarse con sus cosas. Les sacaban información a las monjas, que nunca se negaban a charlar. Todas las que no eran cocineras eran enfermeras, diplomadas legalmente además del matrimonio místico. La limpieza la hacían unas criadas provincianas a cambio de la pensión, y un sueldo simbólico. Dos médicas residentes completaban el staff. Siempre que trataron de sonsacarles el nombre del establecimiento recibieron la misma respuesta: «el instituto sagrado». A ellas no les parecía raro. Aldo decía que las monjas tenían el cerebro atrofiado. La denominación original debía de tener algo que ver con el «Sagrado Corazón», lo que para ellas sería un puro sonido, que se había abreviado en esa forma absurda.

Las monjitas se aficionaron a la pizza, y estaban pidiendo siempre. Si no iban Aldo y Rosa, se negaban a abrir. Era incongruente un motociclista, y además incómodo, porque había que entrar al patio. Hacían unas cenas informales de medianoche una vez que las señoras estaban cenadas y retiradas, y la vajilla y las ollas lavadas. Pero no tenían prisa, al contrario. Si la pizza llegaba a la medianoche, o mucho después, ellas la recibían frescas y relajadas, se hacían tiempo para quedarse en la puerta charlando. Eran muy nocturnas. Según sus confidencias, se debía a que nada era más común que el insomnio entre las señoras que albergaban. «Para ellas no hay día ni noche», les decían, y las monjitas no habían tenido más remedio que adaptarse.

—¿No toman pastillas? —preguntó Rosa.

—¡De todos los colores, señora! Pero no les hacen efecto.

Eran una curiosa mezcla de inocencia y astucia. No tenían televisión, pero todas las pensionistas sí, y conectadas a las redes de cable o sistemas satelitales, y al parecer éstas tenían los aparatos encendidos las veinticuatro horas. Las monjitas estaban bien informadas de todo lo que pasaba. Mujeres al fin, les gustaba charlar, y con los horarios extravagantes del instituto, que hacían que a fin de cuentas no se durmiera nunca, disponían de eternidades de horas muertas para transmitirse información y comentarla. Les daba hambre cuando ya habían cerrado la cocina, accidente previsible porque mantenían esos horarios adelantadísimos de hospital (cena a las ocho) por un formalismo incongruente con el reinado del insomnio. Entonces pedían pizza.

A las viejas ricas que albergaban no se les exigía más requisito de entrada que el pago de la cuota. No debían ser católicas, ni estar enfermas o impedidas, ni pasar de cierta edad. Al ser tan alta la cuota, debían ser ricas; ése sí era un requisito. Pero un requisito bastante informe, porque dentro de la categoría caía gente muy distinta. Además, había que tener en cuenta que, como después del año 2000 el futuro ya había llegado, ya habían llegado a la ancianidad mujeres que habían sido jóvenes, liberadas, divorciadas, hasta hippies. Las había que escuchaban a Syd Barret o hacían yoga. No había restricciones respecto de las visitas. Aldo empezó a sospechar que los nietos venían a esconder drogas en los armarios de sus abuelas complacientes. ¿Por qué no? Era el depósito más seguro. Elaborando la idea, se le ocurrió que podía ser el refugio ideal para un fugitivo. ¿Qué había más fácil que disfrazarse de vieja? Las viejas ya eran en sí una especie de disfraz, y cualquier hombre o mujer de cualquier edad que se disfrazara, en principio y antes que cualquier otra cosa parecería una vieja. Y a nadie se le ocurriría ir a buscarlo ahí. Una vez que se olvidaran de él, volvería a salir, joven, libre.

—Sos un loco —le decía Rosa—. Pero hay que reconocer que es muy poético concebir la vejez como un estado provisorio de crisálida para forajidos.

Las monjas también tenían algo de disfrazadas. La criminalidad que había invadido el país como consecuencia de la crisis alentaba la imaginación. En el fondo era una cuestión de invención, de inventar antes que los otros, adelantarse en la creación de formas nuevas, y hacerlas siempre nuevas, en la cresta de una ola que no dejaba de avanzar. Y si parecía absurdo que una banda de ladrones, o reducidores, o secuestradores, se difrazara de monjas, el absurdo mismo era una prueba a favor. Lo que podía perderlos era su afición invencible por la pizza.

Todas las calles de Flores eran de una sola mano, o de «dirección única», y todas se cortaban en ángulo recto, en una cuadrícula o damero sin variaciones. Había sido una zona de quintas y chacras; se había urbanizado tardíamente, ya bien entrado el siglo XX, de ahí la regularidad. Las direcciones establecidas para las calles debían obedecerlas los autos, camiones, colectivos, y en realidad todos los vehículos sobre ruedas que circularan por la calle; no los peatones, por supuesto, pero los peatones circulaban por las veredas, en las que no regían manos o direcciones, salvo las de la cortesía. Ahora bien, las motonetas y bicicletas no se consideraban a sí mismas vehículos; actuaban como peatones; pero iban por la calle, no por la vereda. Eran una especie de mediador informal entre vehículo y peatón, entre calle y vereda, entre rápido y lento, y, por efecto del desfase entre lo que eran y lo que creían ser, también mediaban entre la subjetividad y la objetividad en el tránsito. Los que las montaban eran jóvenes, y, si no lo eran, de todos modos la juventud daba el tono. Como hacía muchos años que no se realizaban campañas de educación vial, por falta de presupuesto, toda una generación creía de buena fe que las reglas del tránsito no se aplicaban a vehículos de dos ruedas.

Un paso más allá, los repartidores motorizados de pizza empezaron a pensar que lo que correspondía era ir a contramano. En principio, la misión que los ponía en movimiento tenía que ver con la velocidad, con llegar en el menor tiempo posible de un punto A a un punto B. Y si además les pedían prudencia, y les inculcaban la idea de que eran demasiado jóvenes, como lo eran en realidad, niños, a los que sus padres les daban permiso para salir solos con el único fin de adelantar su ingreso al mercado laboral, era casi lógico que prefirieran ir a contramano, pues un auto es menos peligroso visto de frente que viniendo por la espalda.

Pero se planteaba un curioso problema, ante el cual la inteligencia se inclinaba perpleja: ¿cómo circular siempre a contramano, evitando en cada curva y a todo lo largo del trayecto ir una sola vez según el sentido de la mano? Parece un problema de ingenio, de los que se resuelven con lápiz y papel, sobre un diagrama. En principio no es distinto del problema que plantea conducir un vehículo por una ciudad, respetando los sentidos de las calles; y todos los automovilistas resuelven sobre la marcha este problema con la mayor naturalidad, sin mucha planificación ni cálculo. De hecho, a un conductor experimentado se le hace tan normal ir siempre en la dirección correcta que se necesita una distracción monstruosa para meterse a contramano; a la mayoría no le pasa nunca en su vida. Algo así, pero al revés, debía de pasarles a los jóvenes repartidores en moto, pero en ellos el hábito, sin dejar de ser inconsciente, tenía un aspecto más marcado de juego de ingenio. Porque el conductor legal puede llegar a dar una vuelta a la manzana y extender el trayecto para respetar las manos, y los motociclistas no lo hacían nunca; ellos no «respetaban» la contramano, simplemente la seguían, para hacer más rápido. Como mera posibilidad, podía suceder que llegaran a una esquina, y la casa donde debían entregar la pizza estuviera sobre la calle transversal a la que iban, a cincuenta metros, y la dirección única de esa calle fuera la que ellos llevaban... Por algún motivo inexplicable, eso nunca les pasaba.

Otro enigma, pero éste sí con explicación, era el siguiente: los viajes que hacían los repartidores eran de ida y vuelta; luego, si la ida la hacían a contramano, la vuelta tenía que ser según la mano, y no era así. Ahí también se parecían a los automovilistas prudentes, que nunca vuelven por el mismo camino por el que fueron. Pero en ellos, que no eran prudentes, no tenía explicación; no la tenía sobre todo porque siempre seguían el camino más corto, tanto a la ida como a la vuelta. Y sin embargo, ahí justamente estaba la explicación. La prisa por ir no era la misma que la prisa por volver. O mejor dicho, era la misma cuantitativamente pero no cualitativamente. Al ir, el sentido de la prisa era que la pizza no se enfriara. Al volver, retomar su puesto en la lista de envíos. Y esta diferencia regía calles diferentes. A simple vista no se podía decir si una moto iba o venía, no sólo porque siempre iba a contramano sino porque la pizza la llevaban en una caja cerrada, que tenía el mismo aspecto llena o vacía. (¿Había una deliberación estratégica en este ocultamiento? ¿La guerra seguía también durante la paz? ¿La paz era sólo aparente? Pero entonces la contramano era una precaución extra, ya que las cajas cerradas debían haber bastado.)

El contacto cotidiano con estos chicos generaba ciertas reflexiones en el cerebro de Aldo. Tenía ínfulas de filósofo casero, de observador de la vida humana. Era de esos hombres que encuentran su lugar en el mundo en el punto inmóvil desde el cual se ve pasar la vida. Siempre había andado a pie. Su trabajo no le había exigido usar vehículos, y nunca había tenido motivos para combatir su naturaleza más bien sedentaria. Pero era ecuánime.

En un primer momento no les escatimó admiración a sus jóvenes colegas. Les reconocía el tiempo ganado sobre la vida, la independencia que les daba un trabajo pagado, a una edad en que sus padres no se habrían negado a seguir manteniéndolos, en que era natural hacerlo, según las premisas tradicionales de la clase media. Otro cantar regía para la clase obrera: a los catorce años un hijo de proletario ya estaba en la fábrica o el taller. Pero estos chicos provenían de la clase media, sus padres eran profesionales o comerciantes o empleados de cuello blanco. Es cierto que en las últimas décadas la clase obrera había dejado de existir, reemplazada por los ejércitos de la miseria. Ellos venían a llenar un blanco. Ahí el elogio de Aldo dejaba de ser irrestricto. Los ingresos de estos repartidores eran superfluos, porque con los de sus padres alcanzaba para sostener a la familia. Por las charlas en la vereda de la pizzería, esperando los pedidos, Aldo había confirmado su sospecha de que ninguno de ellos contribuía a los gastos de su casa. Lo que ganaban lo gastaban en ellos, en ropas, discos, salidas. Hacían crecer un mercado de lo superfluo, mientras se estrechaba el de lo necesario; porque los pobres seguían no teniendo dos ingresos, y ni siquiera uno. Por efecto de la duplicación los recursos de la clase media parecían inagotables, y podían generarse equívocos de riqueza como el que había llevado a la muerte a Jonathan. Los «blancos» que abría la historia en la sociedad se llenaban al azar. No había leyes, y eso hacía pensar que en realidad no había evolución.

Por esta línea la crítica de Aldo se hizo más severa. Encontraba algo que fallaba en estos jóvenes, justamente a partir de sus ventajas, de esa entrada en la vida que él admiraba, y de algo más: la movilidad, el vehículo. Le resultaba deplorable que disponiendo de sus motos, disponiendo de la libertad que les daban las motos para irse por el mundo, las usaran para hacer lo mismo que hacía él del bracete con su esposa: repartir pizzas por el barrio. Pudiendo cruzar provincias y desiertos, ir al mar o a la montaña, conocer ciudades, bosques, ríos, civilizaciones perdidas, cos-

tumbres exóticas, monumentos de viejas religiones…
preferían dar vueltas por las viejas calles archiconocidas en las que habían nacido y crecido. ¿No era una lamentable extinción del sentido de la aventura, que era el sentido de la vida? ¿No estaban renunciando por anticipado a encontrar… la felicidad?

Rosa, que nunca había sabido que su marido le pusiera tan alto precio a la aventura, y que lo sabía el hombre más sedentario del universo, al punto de creer que él identificaba la felicidad con la inmovilidad, objetaba:

—Pero en esas motos no pueden ir tan lejos, pobrecitos.

—¿Cómo que no?

No podía negarse que el vehículo que podía hacer un kilómetro podía hacer mil, siempre que hubiera tiempo suficiente. Y el tiempo era la variable que ellos tenían a su favor, dada su juventud. Además, Aldo no se refería a las grandes distancias, lo que habría sido incongruente con su personalidad. Para él las grandes distancias eran las que podían ejercitarse dentro del barrio, las que estaban al alcance de su paso tranquilo y tanto más al de esas ruidosas motos de juguete. Y tan ecuánime era que admitía que podía estar equivocado. Un sedentario no podía juzgar a un viajero, o lo juzgaba al revés, porque no podía concebir la felicidad sino bajo la forma del regreso. Todos ellos estaban siempre volviendo, los viajes eran en redondo. Que fueran siempre a contramano ya era una forma anticipada de volver mientras iban.

También era cierto que un viejo no podía juzgar a un joven, o en todo caso, también aquí, lo juzgaba al revés. Aldo y Rosa habían cruzado las aguas procelosas de la vida y habían llegado a las playas calmas de la felicidad. Ése era el único viaje que valía la pena, y desde su punto de vista era un viaje de vuelta. Sólo en las novelas la felicidad tenía que ver con las aventuras, con la riqueza, con el amor, con la belleza… En la realidad era una espera, una espera infinita.

Aldo y Rosa habían encontrado la felicidad al cabo de un proceso automático en el que no habían tenido que hacer nada, salvo esperar que llegara. Y una vez ahí, se habían encontrado repartiendo pizzas por las noches. Nadie lo había hecho antes como ellos. Y ellos mismos, podrían haber esperado cualquier cosa menos eso. Pero qué importaba. Qué importaba lo que habían hecho antes, lo que habían sido. La crisis que se había desencadenado en el país parecía dar un permiso universal para hacerlo todo; ahora nadie preguntaba. Además, esa actividad, el *delivery*, no había existido antes, era nueva, y por lo tanto no se podía hacer una comparación de antes y después. En cuanto a la autoestima social, al «qué dirán», tampoco se lo podía comparar, porque dependía demasiado del presente. Fiel a su nombre, el neoliberalismo había aportado una nueva libertad al mundo. Las nuevas condiciones económicas, la concentración de la riqueza, la desocupación, creaban hábitos distintos dentro de los hábitos viejos. Los cirujas tampoco habían existido antes, y alguien habría podido hacer un paralelo entre el pasaje de un obrero a cartonero y el de un señor de clase media a repartidor de pizzas. Pero había una diferencia esencial: los cirujas se reproducían, y les estaban enseñando el oficio a sus hijos. Aldo y Rosa no tenían hijos y en su oficio no había reproducción posible.

¿A quién le dejarían su felicidad? ¿A quién le dejarían las noches de Flores?

La felicidad, la espera perfecta que lo contenía todo, contenía el peligro de hacer eterno lo prenatal y larvado. Sin el sufrimiento no se iniciaba el proceso del conocimiento y la historia. El episodio de Jonathan, con todo su horror latente, venía a punto para iniciar algo. Pero lo que comenzaba tenía un rasgo amenazante, porque se abría a lo desconocido. Era como salir de la pizzería a llevar un pedido, y no volver nunca.

De hecho, ese temor no era tan teórico. La crisis también había traído la inseguridad, que podía afectar a cualquiera. Aldo, siempre radical en sus opiniones, le decía a Rosa, cuando tocaban el tema: la única solución para liberarse definitivamente del miedo es pasar al otro lado, y hacerse delincuente.

—¿A quién le tenés miedo? ¿A los ladrones? Hacete ladrón. ¿A los secuestradores? Hacete secuestrador.

Ella:

—Qué fácil lo hacés, Aldito. ¿Le tenés miedo a la enfermedad? Hacete enfermedad. ¿Le tenés miedo a la muerte? Hacete muerte.

Él se encogía de hombros, como diciendo «¿y por qué no?».

Después de todo, el viaje de la felicidad terminaba en la enfermedad y la muerte. Si los jóvenes motociclistas empezaban antes era por la emancipación que les daba el dinero; los delincuentes también querían dinero, salvo que como ellos no habían podido empezar antes (no habían tenido padres complacientes que les compraran una moto siendo niños: sus padres no habían hecho más que reproducirse) buscaban un atajo. Los medios honestos de conseguir dinero se volvían una artesanía primitiva, frente a tecnologías nuevas, mágicas.

Durante los lapsos de espera se hacían unas entretenidas tertulias en la vereda de la pizzería, junto a la puerta lateral. Las motonetas estaban estacionadas en un semicírculo estrellado que se renovaba todo el tiempo, como se renovaban los conversadores y la conversación. Nunca les faltaba tema, no sólo por su juventud y vivacidad sino por las interrupciones. En efecto, desde el mostrador venía todo el tiempo la orden, «¡Pedido!», y uno de ellos, según el turno, saltaba a buscar las cajas de pizza y salía de inmediato, leyendo el papelito con la dirección, montaba a la moto y ya se había ido. Mientras tanto, otro estaba llegando... Los adolescentes todavía no habían aprendido a cambiar de tema. Ésa era una señal de madurez que llegaba con el tiempo. A lo largo de la velada, los temas cambiaban solos, pero el que se iba de improviso se quedaba siempre con un argumento que exponer, y lo rumiaba durante su excursión solitaria; de regreso, no terminaba de apearse de la moto y ya estaba interviniendo, sin importarle el anacronismo, y los demás no tenían inconveniente en seguirlo, sobre todo si, como sucedía siempre, tenían serias objeciones que oponerle. Otro se había ido un minuto antes, llevándose su réplica, y otro se iba un minuto después con la suya. Y los que volvían traían sus propios hilos sueltos de diálogo. De ese modo la conversación se hacía sinuosa, lagunar, como un juego de paréntesis.

A Aldo le gustaba observar los pequeños movimientos que hacían de modo automático los chicos para subir a la moto y ponerla en marcha. Toda la impaciencia que le provocaban sus gritos y niñerías se borraba ante ese espectáculo, y no sabía por qué. Una vez se lo comentó a Rosa, y ella le dijo que por su parte se le hacían especialmente simpáticos cuando se ponían el casco:

—¿Has notado que nunca dejan de ponérselo? Vos siempre los estás criticando, pero tenés que reconocer que son prudentes. Me produce una ternura oírlos meter las cabecitas en esos cascos, y ajustarse la correa… Se transforman. Se vuelven más niños todavía.

—Yo no los critico —refunfuñó Aldo.

Pero se quedó pensando y cayó en la cuenta de que era eso lo que le gustaba ver. El gesto de ponerse el casco, en medio de los otros pequeños gestos y maniobras con que se disponían a partir, le habría quedado por siempre perdido si no hubiera sido por la observación de Rosa. No sabía en cambio si debía coincidir con ella en que lo hacían por prudencia y por obediencia a la ley; más bien sospechaba que lo hacían porque les gustaba, o porque eran demasiado niños para resistirse a la tentación de jugar al buzo o al astronauta.

Con el casco se volvían irreconocibles y anónimos, uno podía ser cualquiera. Pero también era lo contrario: el casco, con sus colores chillones en un diseño siempre distinto, servía para identificarlos a la distancia a primera vista. Empezó a mostrar interés en los cascos, a observar que no había dos iguales, aunque evidentemente debían responder a ciertas normas de seguridad. Los chicos respondieron con entusiasmo a este interés, y le hicieron probar todos los cascos, entre risas. Quisieron probarle uno a Rosa pero ella se negó, por respeto a su prolijo peinado.

Estos juegos le sugirieron a Aldo una broma que hacerle a las monjitas. Él y su esposa se habían vuelto los repartidores «oficiales» de las pizzas del Instituto Sagrado, las monjitas cuando llamaban insistían especialmente en que fueran ellos, y si no estaban disponibles preferían esperar. Era por pura simpatía, porque les caían bien y ya los conocían, e intercambiaban bromas y charlaban un momento: pero decían que era porque no querían que fueran con motos, ruidosas y escandalosas (sus pensionistas ya se habían retirado) y delatoras (los vecinos podían pensar mal de monjas que pedían pizza a la medianoche). Era un argumento débil porque por la calle Bonifacio donde estaba el Instituto Sagrado estaban pasando motos toda la noche. Pero le daba tema a la humorada de Aldo. Fue con el casco bajo el brazo, lo que resultó una verdadera molestia: en general esos dispositivos adaptados al cuerpo, cuanto más adaptados están (y un casco no podría estarlo más) más incómodos son de transportar cuando no están cumpliendo su función: no tenía por dónde agarrarlo, y se le cayó tres veces. Al llegar, cuando se metieron en el patio le dio las cajas de pizza a Rosa, y se calzó el casco en la cabeza; volvió a tomar las pizzas, tocó el timbre de la puertita de servicio y se plantó frente a ella.

Las exclamaciones de sorpresa de las monjitas fueron inenarrables. Hasta la discreta Rosa tuvo que reconocer que la broma había sido un éxito.

Cuando pasó la sorpresa, y como el hábito les impedía concebir que fuera un acto gratuito, le pidieron explicaciones.

—Es que nos compramos una moto —dijo Aldo muy serio.

—¿De veras? ¿Les salió muy cara? ¿No les da miedo? ¿Sabía manejarla o tuvo que aprender? ¿Qué marca? ¿Japonesa?

Y, con más reflexión.

—¿Cómo fue que no oímos nada?

—Es que la compré pensando en ustedes, con silenciador.

Las monjitas abrían la boca:

—¿Hay motos silenciosas? ¡Todas deberían ser así! ¿Por qué no las hacen obligatorias?

—Es que son más peligrosas. Al menos con el ruido uno puede saber de dónde vienen.

Para volver, se negó a sacárselo.

—Ya sufrí bastante llevándolo bajo el brazo. Así es más cómodo.

–¡Pero no seas payaso, Aldo! Qué van a decir.

–Qué me importa. No hay nadie.

–¿Ves que sos contradictorio? Viniendo, con las pizzas, lo llevabas en la mano. Ahora que tenés las manos libres, lo llevás puesto. Quién te entiende.

Por suerte fueron rápido, porque él iba apurado por contarle a sus jóvenes amigos el éxito de su bromita. Se tomaba tan en serio estos triunfos que Rosa se preguntaba, y se lo preguntaba desde hacía cuarenta años, si toda la vida de Aldo no sería una serie ininterrumpida de bromas tontas y barrocas, que sólo él entendía y que quedaban secretas en su gran mayoría, como la masa de un iceberg.

Pero cuando llegaron hubo otra cosa que se apoderó de su atención; de esto también sospechó Rosa, quizá sensibilizada por sus reflexiones, que podía ser una especie de broma de su marido. Sucedía que pocos minutos después de partir ellos había habido un pedido, que debía llevar justamente el motociclista que le había prestado el casco, quien no tuvo más remedio que pedir uno prestado a su vez; pero como el que se lo prestó tuvo que salir antes de que el otro volviera, se llevó otro casco ajeno, y así se hizo una cadena. Todos los cascos se mezclaron al azar, y dado el sistema de rotación rápida de las partidas y regresos, el orden de pertenencia no se restableció en toda la noche. Este accidente aparentemente anodino tuvo después una cierta importancia, porque fue precisamente esa noche cuando secuestraron a Jonathan, a poca distancia de allí.

Grandes carcajadas saludaron desde lejos a la pareja cuando se acercaba a la pizzería, y gritos («¡Grande, Aldo! ¡Schumy! ¡Aldo, el motociclista a pie!») desaprovechados porque Aldo no oía nada.

El sistema de audición de Aldo era un misterio, aun sin casco. Rosa había llegado a la conclusión de que su marido, como tantos sordos, oía lo que quería oír. Él habría dicho lo contrario, y hasta le habría adjudicado a este defecto las vetas de malhumor y misantropía que habían aparecido en su carácter después de la jubilación. Usaba un aparatito de última generación en una de las orejas, y se había adaptado tan perfectamente que ya no sabía él mismo qué oía y qué no oía, sobre todo porque tenía otra oreja. En general todo ese rubro había pasado a un nivel inconsciente, al nivel de la creencia, que es incomunicable. Muchas cosas que decía en broma se las tomaban en serio y viceversa; de ahí había salido su fama de bromista. Cuando decía que era un incomprendido, no le faltaba razón; pero ¿lo decía en serio o en broma?

Cuando se sacó el casco, dijo que oía mejor.

Todos se rieron. Rosa comentó:

–No me extraña. Todo el tiempo que vino con el casco puesto le vine hablando y no me oyó una palabra.

Al rato, cuando ya habían partido con otra pizza, Aldo le respondió:

–No, quiero decir que oigo mejor que antes de ponérmelo.

Movía la cabeza lentamente a izquierda y derecha.

–Me preguntaba por qué no oía a los pájaros.

–Es que los pájaros no cantan de noche.

–El silencio absoluto no existe.

–…

–Supongo que todos los ecos y amplificaciones que produce la presión de aire del casco se van liberando de a poco, y eso produce esta impresión cristalina que tengo ahora, de poder oírlo todo. Todas las noches me voy a poner un casco durante un rato. Haceme acordar, Rosa, porque yo soy capaz de olvidarme. Yo me olvido de todo. Por suerte vos tenés una memoria de elefante.

Otra broma que tenía pensada Aldo, siempre con el Instituto Sagrado como víctima, más elaborada y muchísimo más difícil de ejecutar, era la siguiente: disfrazar a Nardo de monja y llevárselo a las monjitas y decirles que era una Descalza cuyo monasterio había cerrado por la crisis y se había quedado en la calle. A ver cómo reaccionaban. Las podía conmover describiéndoles las tribulaciones de la desamparada: dormía en algún zaguán, rodeada de mendigos borrachos cuyos avances lascivos de sonámbulos debía esquivar durante toda la noche, comía lo que encontraba en bolsas de basura que entreabría con dedos ateridos, huía de curas severos que salían de madrugada a cazarla como a un animal salvaje... El desconcierto que provocaría sería hilarante. La mirarían creyendo soñar. Una monja en miniatura, de noventa centímetros de alto, pero viva, animada, con el gesto triste y los piecitos asomando como dos azucenas recortadas del borde negro del hábito, que estaría primorosamente almidonado y planchado. Contaba con el don histriónico del homúnculo. Sobre la cara de loro habría que ponerle una máscara de viejita, de porcelana blanca, y las alas de murciélago quedarían disimuladas bajo el hábito.

Estaba seguro de que su sentido del humor lo haría saltar sobre la ocasión. En realidad, ese grotesco ser nocturno no parecía tener otra finaldiad en el mundo que la broma y el sarcasmo. Pero sus apariciones eran tan sorpresivas y fugaces, y siempre se presentaba con preguntas tan intempestivas, que nunca encontraba la oportunidad de proponérselo.

Rosa no estaba de acuerdo. Y no porque no percibiera una coincidencia entre las monjitas y Nardo: al contrario, los encontraba complementarios en la noche; así como ellas estaban encerradas, él (o ello) estaba «encerrado afuera», en la calle, sin poder entrar nunca a ninguna parte, sin techo, sin hogar. Se le antojaba cruel la idea de su marido de acercarlos.

Además, no ocultaba que el monstruito le daba miedo y que prefería que sus contactos con él siguieran siendo impersonales. Aldo se reía de sus temores. El tamaño de Nardo lo hacía inofensivo.

—Un virus intrahospitalario es más chico —decía Rosa, sentenciosa.

—«No pregunto cuántos son, sino que vayan saliendo» —citaba el fanfarrón de su marido sacudiendo las cajas de pizza que llevaba con el piolín suspendido del índice.

La figura deforme de Nardo cambiaba sus perfiles, negro sobre negro, en las ramas de los árboles, sobre las cornisas, haciendo equilibrio en los cables entre el follaje de los plátanos, descolgándose de un balcón, siempre en movimiento, huidizo, tímido. Sólo a alguien muy insensible podía parecerle propio para una broma. En realidad era un ser de infinita melancolía.

Además, después del secuestro y asesinato de Jonathan la atmósfera misma de las recorridas nocturnas de los Peyró había cambiado. Era como si todo se hubiera cargado de consecuencias, todo lo que antes sucedía en una inocencia gratuita. Las risas mismas se hacían siniestras. A ese efecto contribuía la investigación policial, que se hizo frenética durante los días en que el chico estuvo secuestrado y su suerte pendía de un hilo. Se decía que el caso había salido a la luz por casualidad, y que todo el tiempo había secuestros que se negociaban privadamente y nadie llegaba a enterarse. Salvo que la policía sí debía de enterarse, y tomaba sus medidas en secreto. Cualquiera podía ser investigado. Los repartidores de pizza, por ejemplo, ¿no estarían transportando «pruebas de vida» en sus cajas chatas, frente a las narices de la policía? Fragmentos de cuerpos inocentes martirizados por los criminales. Y Nardo, en su tamaño, era una especie de fragmento, una prueba de vida bastante increíble. Más verosímil era que los secuestradores, encerrados en alguna casa con sótano, dedicados día y noche a su espera horrenda, pidieran pizza por teléfono; era difícil imaginárselos cocinando, y tenían que comer. De ahí que los repartidores fueran un rastro posible, y la sensación de ser seguidos podía ser algo más que una sensación.

En ese clima de miedos y suspicacias Aldo y Rosa apreciaban mejor, por contraste, lo que habían sido antes sus noches de trabajo, tan dulces y despreocupadas, sin más inquietud que el ingenuo escalofrío de anticipación cuando les daban, junto con las pizzas, una dirección, y la evaluaban, y partían... Desde siempre había habido un acuerdo con la pizzería, según el cual ellos cubrían el área más inmediata. Para las grandes distancias estaban las motos, que de todos modos nunca iban más allá del barrio. Pero aun así, ellos tenían la secreta fantasía de que alguna vez, por error o no, los iban a mandar «lejos», y en lo indefinido de este concepto se dibujaban nocturnos panoramas urbanos desconocidos, aventuras, descubrimientos... Con el tiempo, ese «lejos» había tomado la forma del barrio de las llamadas «casitas baratas» más allá de la avenida Directorio, un laberinto de callecitas curvas, arbolado como un bosque, a esas horas silencioso y desierto.

Así deberían de recordarse, bajo otros cielos, las «noches de antes de la guerra». Era la nostalgia de la vida; se necesitaba un muerto por lo menos para producirla. Pero al mismo tiempo era una vida más intensa, esta vida del miedo y la precariedad, la que daba la perspectiva de la nostalgia. De hecho, esa vida anterior parecía un sueño. Tenía la extrañeza de un sueño. ¿Cómo era posible que ellos dos se hubieran embarcado en ese trabajo? ¿Qué hacían, viejos y a pie, entre esos jovencitos en motonetas? Era como soñar que estaban desnudos en una cena de etiqueta. Que ahora siguieran haciendo lo mismo era un rasgo más de irrealidad.

No podía decirse que hubiera habido cambios de verdad. Antes también había robos y secuestros. Los secuestros sobre todo podían pasar desapercibidos, porque la primera condición que se imponía era que no interviniera la policía. Al parecer la policía intervenía de todos modos, pero en secreto. Eran los casos que no llegaban a la televisión. Ahí estaba toda la diferencia. Nadie sabía cómo se había enterado el periodismo del caso Jonathan. Una indiscreción, seguramente, de un pariente o un vecino. A partir de la primera filtración se hizo incontenible. La opinión pública empezó a latir con ese corazón. La noticia se volvía *leitmotiv*, todos pensaban al unísono, sufrían la misma angustia, esperaban juntos el desenlace. La totalidad tenía algo de eterno, pero eterno momentáneo, como el clima. Los que habían acumulado alguna experiencia de la vida, como Aldo y Rosa, sabían que sólo era cuestión de tiempo hasta que otra noticia remplazara a ésta.

Lo que mantuvo en vilo a la población durante esos días cruciales fue la lucha desesperada de los padres por recuperar a su hijo. Cualquiera podía entenderlo. Un hijo de quince años, en la clase media, significaba quince años de dedicación sin pausas; era un resultado demasiado valioso para resignarse a perderlo. Todos lo entendían, todos se identificaban. En la calle pululaban los chicos de esa edad, pero Jonathan se recortaba en un espesor de tiempo y una inversión de amor que lo hacía irrecuperable. Todos estaban pendientes de su destino. Lo paradójico era que la lucha desesperada de los padres se libraba contra el periodismo que había cercado la casa y les tenía intervenido el teléfono. La negociación con los secuestradores se hacía imposible, el suspenso y el dramatismo crecían exponencialmente, nadie se despegaba del televisor... Era una especie de círculo vicioso. Había que saber para poder identificarse, pero el conocimiento deformaba el hecho. En realidad no había nada que contar porque no había tiempo disponible, y lo simultáneo no se cuenta.

Aldo y Rosa habían dejado de mirar televisión desde que el trabajo para la pizzería les hiciera adoptar otros hábitos y horarios. Podrían haber creído que salían del mundo de la representación y entraban al de la realidad. Ésa había sido la etapa utópica de su trabajo, interrumpida por la Noticia. Era como si la irrealidad de la televisión hubiera irrumpido con violencia en su nocturna pastoral urbana. Los tocó más de cerca de lo que esperaban por un detalle práctico. El cerco a la casa de Jonathan por los móviles de todos los canales hizo que se cortara el tránsito durante varios días en ese sector del barrio, y los pedidos que venían de ahí no los podían atender las motos; de modo que se los daban todos a ellos. Dos o tres veces por noche tenían que entrar en esa burbuja iluminada en exceso por los grandes focos de acetileno (siempre había por lo menos un canal transmitiendo en vivo desde Flores). Los mozos de la pizzería los veían en las pantallas de los televisores del salón, y se lo decían cuando volvían. Entraban y salían de la televisión, por un accidente razonado. Empezaron a pensar que en todo el país había gente, de esos desocupados que miran televisión todo el día, que ya los tendrían fichados, y se preguntarían qué hacía esa pareja mayor volviendo todas las noches a pasar por detrás de los noteros, cargando cajas de pizza. Una conclusión a la que llegaban era que se podía participar de la noticia y aun así seguir afuera de la realidad de lo que estaba pasando. Quizá actuaba un mecanismo de negación.

Después del penoso desenlace, el cerco se levantó y el barrio volvió a la normalidad, pero ya no fue lo mismo. Nardo había aparecido por ese entonces, y fue un símbolo tangible de la diferencia que se había introducido en todo. Su figurita grotesca, su voz de loro, sus chistes, no disimulaban la melancolía angustiosa del mundo que había venido a recorrer.

Un mutante, por simpático que sea, anuncia la desaparición. Sonaba una campanada de extinción. Todas las especies están condenadas de antemano. Las charlas mismas de Aldo y Rosa durante las caminatas habían empezado a apuntar en esa dirección, sus frases sueltas, y sus temas abandonados de pronto, como otras tantas piezas de un rompecabezas que al completarse mostraría la nada. Los naturalistas encuentran en pequeñas modificaciones del ambiente las causas de la extinción de un pájaro, de un insecto, de un cactus… ¿Por qué no iba a ser el asesinato una de esas causas? Era tan difícil encontrar a los culpables… La impunidad circulaba como una moneda de curso legal. Sentían que lo que llevaban a las casas no eran pizzas: eran mensajes, que ya nadie entendía, el mensaje de la desaparición de todo.

De todos los chicos que conocían, el que pareció más impresionado por el secuestro de Jonathan fue Walter. Su alteración fue total, una especie de derrumbe, pero no se sabía bien si respondía al hecho en sí o a la saturación periodística que lo acompañó. En general notaban que los contemporáneos de la víctima no se tomaban muy en serio el crimen. No podían. La capacidad de reacción de su imaginación tocaba sus límites. Se quedaban en unas expresiones convencionales de condolencia, repetían los clichés que oían en la televisión, a pesar de que todos lo habían conocido a Jonathan, y que cualquiera de ellos podría haber estado en su lugar. La realidad debía pasar por su representación para hacerse inteligible, y esa «triangulación» persistía y se ramificaba, aun después de que su función había cesado.

Walter hacía contraste porque parecía el único que se tomaba en serio lo que estaba pasando, como si se enfrentara con la realidad directamente. Aldo se preguntaba si no sería más bien miedo a la policía. Había que presuponer una división en dos realidades paralelas, la de los delincuentes y la de la policía. La triangulación se hacía por el vértice de la representación televisiva. Era como si hubiera una tercera alternativa a la disyuntiva «perder la vida, o mirarlo por televisión»: la policía.

Pero ¿qué miedo podían tenerle a la policía estos jovencitos inocentes? Había una especie de pavor difuso, genérico. El mismo Aldo podía sentirlo, si ahondaba un poco en sus pensamientos. Salía a luz cuando los círculos de la investigación se acercaban a ellos; era rarísimo que se acercaran; no lo hacían nunca, en parte por ineficiencia, en parte porque el lugar propio de esos círculos era una realidad aparte. Pero cuando se acercaban, eran terroríficos, paralizantes. Amenazaban con cubrirlo todo. De sólo pensar que uno pudiera ser interrogado… ¿Qué decir, qué responder?

Si bien no la explicaba del todo, la preocupación de Walter tenía un motivo concreto, y era que él se había quedado con el casco de Jonathan, y Jonathan con el suyo. Cuando lo dijo, días después y ya en plena pesquisa, hubo una conmoción en el grupo. Todos querían mirarlo y tocarlo. Pero cuando quisieron explicarse cómo se había producido el intercambio no pudieron, y Walter no los ayudó a entender, más bien al contrario. Es que tenía secretos que ocultar, y en el estado de confusión mental en que se hallaba él mismo no habría podido ponerlo en claro. Para algunos el error fue más acentuado, porque llegaron a creer que Jonathan había estado trabajando para Pizza Show en el momento del secuestro; todos recordaban el intercambio de cascos que se había hecho esa noche por el capricho de Aldo. Pero no, Jonathan no formaba parte del grupo. En realidad se había producido una triangulación subrepticia, pues Walter había querido aprovechar la oportunidad para intercambiar su casco con el de Diego, que estaba trabajando para Freddo. Pensó que esa noche, con todos usando un casco ajeno, no iba a llamar la atención que el suyo no fuera el suyo; y podría hacer llegar el suyo, provisto de un dispositivo GPS, a la cabeza de Diego. De ese modo podría seguirlo desde su computadora, saber dónde vivía, saber quién era. Con el tiempo había llegado a convencerse de que Diego era realmente una chica, una chica bellísima disfrazada de chico. Su plan implicaba a Jonathan, porque sabía que ése era el único que tenía toda la confianza de Diego. Lo buscó esa noche, lo encontró e intercambiaron los cascos; Jonathan prometió hacer lo mismo con Diego no bien lo viera… Pero no tuvo tiempo, pues lo secuestraron antes. Walter debió de ser el último en verlo, esa noche fatal.

El resultado fue que Jonathan quedó con un casco provisto de rastreador electrónico, y si Walter hubiera ido a la policía a decirlo, quizá habrían podido encontrarlo. Pero si iba a la policía tendría que contar la historia, y sus motivaciones, y no podía hacerlo. No podía, directamente. Era más fuerte que él, más fuerte que la vida y la muerte. No sólo por pudor sino por cuestiones prácticas. ¿Cómo explicar lo inexplicable, lo infantil, la confusión de los sexos?

La policía no estaba hecha para entenderlo. No. Antes prefería morir. O mejor dicho: prefería que muriera el otro, así él tuviera que vivir el resto de su vida con la culpa. Lo racionalizó lo mejor que pudo diciéndose que era peligroso que la policía interviniera. En ese estadio se esperaba que los padres de Jonathan reunieran el dinero del rescate y lo pagaran. De modo que esperó, con el alma suspendida de un hilo.

Pero la procesión iba por dentro. Por fuera, mostraba la preocupación lógica por el amigo en peligro, y en todo caso sólo parecía un poco más sensible que los otros. Irradiaba una inquietud que se transmitió. En cierto modo, todos eran testigos, y eso era muy difícil. ¿Qué había que saber, qué no había que saber? ¿Y saberlo cómo? En las películas lo hacían fácil, porque las películas seguían un guión. Pero en la realidad todo lo que se sabía y lo que se ignoraba estaba mezclado, y no se podía predecir qué importaba y qué no.

Era difícil sobre todo para los que «se olvidaban de todo». La policía no se lo creería; los propios amnésicos no se lo creían, aunque lo afirmaran con vehemencia. Era como los que dicen que «no pegaron un ojo en toda la noche», y las más de las veces no había nadie que pudiera desmentirlos, hasta que un hecho casual demostraba que habían estado profundamente dormidos.

En realidad, nadie se olvida de lo que ha pasado. Es imposible olvidarse, o se da como una patología muy específica, en un caso entre un millón. Lo que sí es muy común es no poder reconstruir el orden en que pasaron las cosas. Pero habría que ver si la palabra «olvido» se aplica correctamente en estos casos.

Aldo y Rosa se preguntaban si su sistema personal (el reparto a pie) del que por el momento eran los únicos practicantes, no sería el futuro que le esperaba a la entrega domiciliaria de comida hecha. Si bien las motonetas se habían vuelto sinónimo del *delivery*, podía tratarse de una identificación pasajera y casual, y de hecho, contra lo que pudiera creerse, no era inherente al trabajo. Ellos lo estaban demostrando, sin proponérselo.

Por lo pronto, era sugestivo que ninguna firma fabricante de motonetas hubiera lanzado una línea específica para *delivery*. Siempre había que prestar atención a las decisiones de la gran industria, porque ahí estaban las proyecciones de futuro que realmente importaban. Era muy probable que en poco tiempo más las motonetas se hicieran obsoletas por antieconómicas. La proliferación de establecimientos que entregaban comida estaba creando «células» intrabarriables de extensión cada vez menor, que podían servirse perfectamente a pie.

La moto era ruidosa, a partir de cierta hora de la noche francamente molesta. Además, delatora. No había modo de disimular su presencia a los vecinos:

«¡La haragana de al lado volvió a pedir pizza! ¡Qué modo de alimentar a los hijos, con porquerías!». En cambio para el que esperaba hambriento, con el oído alerta, ese tableteo en medio del silencio de la noche debía sonar como música.

Ellos llegaban en silencio, por sorpresa, cuando menos se los esperaba.

Aldo opinaba que el advenimiento del reino del amor era inminente, pero estaba frente a un último obstáculo, y este obstáculo era insalvable. Todos los demás habían sido superados. La historia se había mostrado benévola; de un modo u otro, por los motivos equivocados, por esnobismos, por modas, por casualidad, habían ido cayendo las barreras que separaban al hombre del hombre, las restricciones que antaño impedían el pleno desarrollo de las pasiones o preferencias; se habían disipado los pudores y las supersticiones que hasta unas pocas décadas atrás habían parecido ídolos eternos. Por lo menos así lo veía él. El crimen, la violencia, la desigualdad rampante, no lo alarmaban: eran parte de la vida y el amor los necesitaba. No se hacía una idea edulcorada del amor. Al contrario, pensaba que la crueldad, y el horror si era necesario, deberían acentuarse más todavía, para que el amor fuera un destino, y valiera la pena.

Pero quedaba un último obstáculo, formidable, cósmico. ¿Cómo llamarlo? ¿Egoísmo? No, «egoísmo» no era la palabra. ¿Inercia? ¿Hábito? No tenía nombre. Cualquier nombre que se le diera podía ser de inmediato, por contragolpe, el nombre de una fuerza positiva en los ejércitos triunfantes del amor. Pero no por anónimo era menos peligroso, al contrario. Se trataba de la negativa a dejar de ser el que uno era. Nadie quería renunciar a ser quien era, ni por un instante. Ni se les ocurría. Cada cual encerrado para siempre en su personalidad, en sus recuerdos, en sus opinones, ¡como si valieran tanto! Y si había algo ahí que no les gustaba, lo pasaban al área orgánica y tomaban pastillas. Porque con el cuerpo no se mostraban tan inflexibles, ni mucho menos; al contrario, al cuerpo estaban siempre dispuestos a cambiarlo, si se les ofrecía un buen contrato.

De ahí Aldo deducía la importancia del cuerpo. Era lo único que se ponía en juego en el gran mercado abierto de lo humano. Sólo por ese lado podía vislumbrarse el poder de las transformaciones. Y el motor de las transformaciones era la belleza, el deseo de la belleza.

La combinación de lo bello y lo humano tenía un solo resultado: la juventud. Y la negativa en la que se basaba esa afirmación resultaba en mentes viejas dentro de cuerpos jóvenes.

Ellos dos, Rosita y él, se habían acercado al mundo joven por una gravitación nocturna y barrial. La belleza los había envuelto en sus remolinos de deseo y de horror. Ahora el obstáculo se le manifestaba en toda su implacable eficacia. Mirando dentro de sí, como nunca antes había mirado, se preguntaba si su propia negativa a renunciar a ser quien era no habría estado cuestionada desde el principio, desde la decisión que habían tomado de adoptar el curioso oficio del *delivery* a pie. Esos jóvenes, a diferencia de otros, no sólo eran hermosos sino que trabajaban, eran independientes, se habían adelantado a la vida… Nadie envidia la inteligencia o el saber o el talento de otro, pero quizá podría llegar a desear tener la precisión de otro, o su atención… Ahí podía haber una grieta en el muro de piedra del obstáculo. En la elegancia de los jóvenes, la virtud que enlazaba cuerpo y alma.

Oyéndolo, Rosa sintió un desaliento que se parecía a la angustia. Era como si Aldo se apartara de ella, a una órbita donde nunca podría recuperarlo. Los había unido la transformación, el mito y la pasión de la transformación, pero ahora Aldo había llegado a un límite de la transformación, parecía haber dado toda la vuelta y llegaba a una zona oscura donde el movimiento se detenía…

Cuando pasó la onda de desasosiego visceral, y pudo pensarlo con más calma, Rosa se dio cuenta de que, además, Aldo se volvía un peligro. Eso no era una revelación; ya lo había venido pensando desde el episodio de Jonathan. Estas ideas que le oía la llevaban a la convicción: debía librarse de él. Es decir: debía matarlo. No había otra solución.

Nardo volvía, como una pesadilla, se descolgaba de las sombras donde menos lo esperaban y un segundo después ya estaban embarcados en alguna discusión absurda. Tenía un arte raro de no decir nada que tuviera sentido, pero algún sentido debía de tener para él. Aldo no había hablado de esta rara aparición con los chicos de la pizzería, no sabía bien por qué, quizá por una especie de pudor, o más bien de prudencia. Pero sabía que ellos lo conocían, porque lo saludaban al pasar en sus motonetas; en realidad no lo saludaban: le gritaban motes, obscenidades, y aceleraban. Nardo parecía buscar con preferencia la compañía de los Peyró, aunque eso podía deberse simplemente a que con los jóvenes en moto no podía ponerse a la par y acompañarlos.

Otro motivo por el que Aldo no sacaba el tema en las tertulias de la vereda de la pizzería era que no le había hecho la descripción del pequeño ser a Rosa, que debía de seguir creyendo que era humano. Al principio no se lo dijo para no alarmarla, y porque creyó que no volvería a aparecer. Después, no encontró la ocasión. No quería que ella se enterara por otros. Sabía que era difícil, por no decir imposible, engañarla. Como todos los ciegos, Rosa siempre sabía más de lo que parecía. Era difícil saber lo que sabía y lo que ignoraba. Por lo pronto, sabía que Nardo era un ser de un metro de estatura, porque la voz salía a ese nivel del suelo. Pero ¿podía saber que tenía pico y no labios? Tenía la dicción un poco deformada, pero no mucho. Era como si la voz le saliera de más adentro de la cabeza, como si tuviera labios atrás del pico, impresión que causan todos los pájaros parlantes. Ahora bien, esa impresión nace de la combinación de vista y oído, y no podía imaginarse qué clase de impresión podría hacerse uno con el oído sólo. El sentimiento de culpa que se iba ahondando, por este silencio, le hacía evitar el tema, y cuando lo tocaban se limitaban a decir «¡Es un monstruo!», como para cubrirse, y si alguna vez la verdad salía a luz se haría el olvidado: «Pero ¿cómo? ¿No te había dicho que era un mixto de loro y murciélago? ¡Habría podido jurar…!». Pero confiaba en que el momento no llegaría: Nardo parecía provisorio; como había aparecido iba a desaparecer. «Esas cosas no duran», se decía.

Después de todo, el que lo veía pensaba que era una alucinación. El que no lo veía podía poner su existencia real al margen.

Había aparecido después del secuestro de Jonathan, y para Aldo había quedado identificado con todas las incertidumbres y sospechas y temores que suscitó el crimen, casi como si fuera una materialización de esos sentimientos. Casi le parecía natural

(¿no pasaría así siempre?) que después de un crimen tomara vida un ser ambiguo como éste, un símbolo de algo oscuro, impensable.

Pero ¿qué pensaba Rosa? ¿Qué sabía? Para obstruir esta pregunta, Aldo hablaba más que nunca, quería distraerla, y distraerse a sí mismo, con teorías bizarras. Y así, sin saberlo, pavimentaba el camino a su perdición.

La investigación policial arreciaba. No terminaba. Los secuestros tenían varias etapas; la más emocionante era la primera, cuando se esperaba el pago del rescate y la liberación; pagar no era una garantía, por supuesto, porque también podían matarlo, o podían haberlo matado desde el comienzo; eso quedaba librado a la paradójica «honestidad» de los secuestradores. Justamente estos casos recientes de secuestros, los que venían en la avalancha de criminalidad desatada por la crisis, habían puesto en el tapete la cuestión: se decía que el hampa ya no obedecía como antaño a un código de honor. Evidentemente, eso quedaba librado a la voluntad o el carácter de cada criminal; si no quería respetar las reglas, no las respetaba, y no se lo podía obligar. El único recurso era decirles que estaban «matando la gallina de los huevos de oro» (pero habría sonado mal ponerlo en estos términos), ya que el negocio del secuestro se basaba en la confianza.

Durante la primera etapa se suponía que la policía no actuaba. Era lo primero que exigían los secuestradores: que la transacción se mantuviera en secreto. Es cierto que no podían, razonablemente, pedir más; después tendría que intervenir la policía, aunque más no fuera porque la familia debía hacer la denuncia para después explicar el desembolso ante el Fisco. Y la investigación volvía atrás, reconstruía toda la operación desde el principio.

El caso Jonathan escapó a todos los esquemas. Mientras el chico estuvo secuestrado, no sólo la familia estuvo en vilo sino el país entero. Por algún motivo, por alguna filtración que nunca se supo cuál fue, no hubo secreto. Fue directamente una noticia, y una noticia en tiempo real. Como el tiempo era el factor clave, su realidad se acentuaba.

Pero las noticias, por necesidad, pasan. Son remplazadas por otras. La tendencia natural del público lo llevaba a pensar que se trataba de otra noticia, y como en realidad era la misma… esa incongruencia la hacía más monstruosa, una muerta-viva. Y no era que en el caso mismo faltara lo monstruoso y repelente; las horrendas mutilaciones con que se encontró el cadáver habrían sido noticia por sí solas.

La policía no pudo salvarlo, de acuerdo. En ese punto el clamor periodístico daba en el clavo. Los contribuyentes sostenían una costosa institución dotada de los más modernos elementos técnicos, y tenían derecho a exigir resultados. Pero la idea era, justamente, que la policía no hiciera nada: su intervención habría sido letal. Y quizá lo había sido: por algo habían matado, y habían matado con tanta saña, al pobre chico. Si no habían actuado, habían hecho mal porque se trataba de criminales sin honor que no respetaban las reglas; si habían actuado, lo habían hecho tan mal como para precipitar el peor de los resultados. Sea como fuera, cuando apareció el cadáver su maquinaria se puso en marcha. Ya no iba por la prevención o la salvación: iba por la venganza.

Por lo pronto, establecieron el secreto más estricto. Se cortó toda filtración al periodismo, que quedó librado a la adivinación. Intervino un fiscal constitucional, que manejaba su propia tropa y sus propios peritos, y él también actuó en secreto, y con independencia de la policía. La hostilidad reinaba entre las tres partes: periodistas, policías y fiscal.

¿Jonathan había trabajado para Pizza Show? Había opiniones encontradas; nadie se acordaba bien. Todos ellos habían trabajado para tantos empleadores del barrio, y lo que hacían para unos y otros era tan parecido, que se les confundían los tiempos y las caras y los nombres. Algunos ni siquiera podían afirmar si lo habían conocido o no. No faltó el que se hiciera la idea de que había sido su amigo, recordara anécdotas, lamentara clamorosamente su muerte, y después se lo encontraba por la calle, descubriendo que le había puesto a «Jonathan» la cara de otro motociclista. Esas especies de resurrecciones menudeaban.

Como fuera, en la pizzería se prepararon para recibir la visita de la policía. El administrador reunió a todos los repartidores y les hizo un discursito con recomendaciones de ir prolijos, bien peinados, con los documentos en el bolsillo. No tenían nada que temer, les dijo: estaban haciendo un trabajo honesto, para ayudar a sus padres o subvenir a sus gastos personales. Quedaron en suspenso, pero en vano, porque la policía no se presentó. Al parecer, no se presentó en ninguna parte: era como si hiciera su trabajo realmente en secreto. Quizá era una maniobra deliberada: no se presentaban en ningún lado para sugerir que en realidad estaban en todas partes, viendo todo, oyendo todo.

A fin de cuentas, no hay modo más eficaz de estar en todas partes que no estar en ninguna, porque los absolutos se tocan y todos se equivalen. Lo absoluto, que en los pueblos primitivos había tomado el carácter de lo divino, en los mundos civilizados se volvió «lo abstracto», el diagrama de la realidad y al mismo tiempo su más letal enemigo. Pero ¿la realidad puede tener un enemigo? ¿No es, por excelencia, la que pone en práctica el refrán «si no puedes contra ellos, únete a ellos»? Nadie puede combatir la realidad, porque es ella misma la que está combatiendo. Y sin embargo, la abstracción provoca un desvanecimiento de las articulaciones de los detalles, los desarma, y cuando la realidad reacciona y los vuelve a armar, lo hace con las partes cambiadas.

La policía, con la atención que le presta a lo concreto y el diagrama especulativo que debe hacer para ensamblar estos detalles mientras están enteros, es el modelo social de este mecanismo. A la policía se le piden resultados, y casi no se le pide otra cosa. Pero no queda claro si se trata de resultados de acción, o intelectuales.

Y en realidad se contradicen: es o uno u otro, porque la acción significa no entender nada y arremeter, crear; y la comprensión, como es bien sabido, inhibe la acción. «Comprenderlo todo, es perdonarlo todo.» De acuerdo. Pero no es eso lo que se le pide a la policía; es la sociedad la que puede perdonar, y su marea de perdón se detiene justamente en la policía. Siguiendo esta lógica, lo que la policía debería hacer es no comprender nada.

La policía es omnipotente. Está en todas partes, en todo momento, y puede hacerlo todo. Se vuelve un absoluto, como el lenguaje. Pero sólo para el criminal, y sólo después de que ha cometido el crimen. Entonces, todos los detalles innumerables de la vida caen en su lugar; el criminal ve claro, por un instante que es como una eternidad. Siente que debería ser policía.

La detención del tiempo es inherente a la omnipotencia; poder algo, así sea lo mínimo, es poder hacer pasar el tiempo. La transformación en noticia de los crímenes es coherente con esta oscilación, porque a la luz del público un caso se sigue investigando mientras es noticia; pero a una noticia le sucede otra, por motivos independientes de la realidad y más bien psicológicos. De modo que para que se haga justicia es preciso prolongar el instante.

¿Cómo actuaba, en términos prácticos, la policía argentina? Simplificando: se hacía un cuadro, temporal, también un poco espacial, y dentro de ese cuadro metía todo lo que iba apareciendo que tuviera alguna relación, siquiera remota, con los hechos; o bien, que no tuviera ninguna relación: eso no era lo importante: bastaba que entrara en el cuadro. La idea era hacer después una selección, un recorte, y que todo tomara sentido como una especie de historia.

Pero el momento de esa operación no llegaba nunca; no llegaba por cuestiones prácticas, por ejemplo porque toda la atención del personal se desplazaba a otro caso, o porque el cuadro se saturaba de hechos y no dejaba lugar para maniobrar intelectualmente, pero tampoco llegaba porque no podía llegar, porque la función de ese momento era quedar en un horizonte de promesa y futuro (sin él no habría futuro, y sin futuro no hay esperanza).

Al contemplar esa acumulación de datos circunstanciales, un policía podía decir: «pero qué importan estas pequeñas cosas humanas, estas mezquindades de lo accidental, frente a la grandeza inmutable e indiferente del Universo». Como el trabajo de la policía sucede básicamente de noche, y de noche nada importa tanto, ese razonamiento se facilita. Claro está que ese policía no estaría cumpliendo con su función, con el trabajo por el que le pagan, lo que no impide que tendría razón. Él podría alegar: «Se trata de pensar en grande, de pensar en perspectiva». Pero sobre su cabeza cuelga amenazante el cuadro atiborrado de datos y sin perspectiva, sin cuadricular.

Con la crisis que estaba viviendo el país, las academias de policía funcionaban a pleno, su matrícula estallaba, los jóvenes hacían cola para anotarse. Era un trabajo seguro, estable, y a pesar de que los sueldos no iban más allá de la supervivencia, tal como estaban las cosas era lo más que podía esperarse. El fantasma de la desocupación y la marginalidad llevaba a miles de jóvenes que en otras circunstancias habrían sido obreros o empleados a optar por el uniforme. Lo mismo estaba pasando con las monjas. Salvadas las diferencias, el convento también ofrecía una deseable estabilidad, alojamiento y comida, y un lugar en el mecanismo social. Esa motivación dejaba de lado la vocación y el compromiso, y liberaba a las monjas de la obligación de creer en Dios, así como liberaba a los policías de la necesidad de creer en la Ley. Por una coincidencia no casual, la misma crisis hacía que a estos nuevos ejércitos se les enfrentara un fantasma monstruoso y gigante, y ya se sabe cuánto se complican las cosas (hasta lo inextricable) cuando interviene el Mal.

Ahora veamos cómo operaba por dentro el complejo judicial, que podía subordinar al aparato de la policía a su servicio, con la diferencia de que todos los hilos de la investigación confluían en una sola persona.

El fiscal constitucional se llamaba Zenón Mamaní Mamaní (sus padres eran primos). Era un hombre de poco menos de cincuenta años, casado, con un hijo. La noche del descubrimiento del cadáver de Jonathan la pasó en vela, por un incidente que afectó a su hijo… A veces el azar hace cosas extrañas. La rotación de turnos en las grandes fiscalías había indicado que el caso del secuestro pasaría a su jurisdicción no bien se hiciera oficial; en tanto la víctima siguiera secuestrada no habría denuncia policial, y por lo tanto no intervenía un Juzgado. Pero el fiscal constitucional debía interponer la acusación de oficio no bien el caso se hiciera público. Por supuesto, dadas las circunstancias había un cierto grado de tolerancia en los tiempos, pero precisamente por esta vaguedad era preciso elegir bien el momento. Esa tarde a última hora Mamaní Mamaní había considerado que era hora de tomarse en serio el asunto, y se había llevado a la casa el voluminoso dosier preparado por sus asistentes.

Aquí es preciso hacer una digresión sobre la organización doméstica del fiscal constitucional, para entender lo que sucedió después. Como dije, era un hombre de mediana edad, joven para el alto cargo que ocupaba; había ascendido rápido en la jerarquía judicial gracias a sus dotes sobresalientes y a una capacidad de trabajo que lejos de beneficiarlo le había hecho siempre las cosas más difíciles. Rodeado de ineptos de la peor calaña, gente que escalaba en el sistema por azares burocráticos o acomodo, se constituía en una verdadera rareza. Por épocas tenía la sensación de que era el único que hacía las cosas como debían hacerse. Era un trabajo brutal para un solo hombre. El agotamiento que lo abrumaba al final de un caso importante lo ponía al borde de la disolución mental. Y como en realidad el trabajo no terminaba nunca, ese estado se le iba haciendo una segunda naturaleza.

Si bien había estado atento al caso del secuestro del joven de Flores (barrio del que él también era vecino, razón suplementaria para su interés), sólo al comenzar la revisión en serio del dosier se hizo una idea de la magnitud de la tarea que le esperaba. Como no era hombre de dejar nada librado al azar, quiso avanzar lo más posible en su conocimiento de los hechos y en las decisiones que tomaría cuando entrara en funciones, momento que sospechaba cercano. Siempre tenía que hacerse una cierta violencia para encerrarse en su estudio, en la planta alta de su casa, y ponerse a trabajar; lo sentía injusto, una especie de violación de las leyes domésticas, impuesta por un sistema que castigaba a los laboriosos y premiaba a los ociosos. En esta oportunidad fue peor que de costumbre porque había un invitado en su casa; de hecho, había llegado esa tarde.

Se trataba de un gran escritor boliviano, el más grande según el juicio de Zenón Mamaní Mamaní; se llamaba Ricardo Mamaní González (no había parentesco, o si lo había era demasiado lejano). La visita había sido planeada con casi un año de antelación, y tanto el dueño de casa como su esposa habían venido preparando durante meses la recepción, y los detalles de confort para el huésped habían sido elaborados con la más calurosa cordialidad. El detalle más cuidado había sido la cantidad de tiempo libre para dedicarle, con vistas a mostrarle las bellezas de la ciudad, sus sitios típicos, restaurantes, lugares de tango, y las atracciones naturales del gran río y la pampa.

Lo fue a esperar al aeropuerto, lo llevó a su casa, pasaron el atardecer charlando los tres, tomaron un aperitivo en el jardín, y después una cena temprana. Hasta ahí, se había sentido más o menos relajado. Reservaba para después de la cena la lectura del dosier, contando con que el huésped, cansado del viaje, se retiraría pronto, y así fue. Al día siguiente, domingo, harían algunos paseos, y tenían una cena con la que unos cultos vecinos querían agasajar al recién llegado.

El trabajo con sus papeles se prolongó más allá de lo que esperaba. Se hizo la medianoche y seguía absorto en ellos, y cuando una hora después, muerto de sueño y de fatiga, los hizo a un lado al fin, tuvo la deprimente certidumbre de que le esperaba un caso sumamente engorroso, que le demandaría todo el tiempo del mundo, el tiempo que se había propuesto dedicarle a su amigo, y más que eso, una energía de la que ya se sentía desprovisto. Se fue a la cama en un estado deplorable.

La esposa, que lo conocía, trató de hacerlo entrar en razones, pero no encontraba los argumentos adecuados, quizá porque no existían. El fondo del problema era que hacía bien su trabajo, y eso significaba mayor responsabilidad, mayores exigencias, más preocupación.

—Si lo hubieras hecho mal desde el principio, nadie esperaría nada de vos.

—Tampoco tendría el puesto que tengo.

—Sí lo tendrías.

—No. Lo conseguí por la calidad de mi trabajo, no por maquinaciones políticas como casi todos mis colegas. Ellos sí pueden hacerlo mal, y nadie espera nada de ellos…

—¡Es una paradoja!

En la oscuridad, marido y mujer daban vueltas y vueltas sin poder dormir, y retomaban por cansancio su diálogo pesimista.

—¿Qué hacemos con Ricardo? Se va a sentir incómodo, conmigo ocupado en este asunto…

—No estoy tan segura. Los escritores son personalidades más bien retraídas, y no me extrañaría que él prefiriera estar solo, con sus libros…

—Puede ser. Pero cuando se canse de estar solo querrá compañía, ¿y cómo voy a saber yo cuándo se va a cansar de estar solo?

—Yo me ocupo, Zenón... Aunque es cierto que no voy a poder darle una conversación del nivel intelectual que tiene con vos...

Y así seguían, preocupándose y dándole vueltas a cada cosa (y a ellos mismos) y cortando un cabello en cuatro en el sentido de la extensión... Al fin deben de haberse dormido, a una hora imposible, y con un sueño agitado y malsano.

Que además no duró mucho porque a las cuatro un llamado telefónico, con una sorpresa que no se esperaban, los llevó a las cimas de la angustia. Era del hijo: había tenido un accidente en la autopista y pedía ayuda... Atendió el fiscal, y quedó en shock inmediatamente. La rutina inmutable de su vida doméstica, la atmósfera de casa de muñecas en la que se había envuelto, por necesidad psicológica, no lo preparaba para esta clase de eventualidades. Su trabajo tampoco: si bien debía vérselas con cierta frecuencia con las más graves brutalidades, se había habituado a tomarlas por el lado del hecho consumado, filtradas por el lenguaje judicial, y, sobre todo, siempre alejadas más o menos en el pasado. Su relación con el hijo no ayudaba; aunque de veintiún años, seguía siendo un niño para él. Dos años atrás le había comprado el auto, que el chico necesitaba para sus desplazamientos a la facultad y esos dos años habían transcurrido en una perfecta calma: sumamente prudente, y diestro en el volante como sólo un joven con los reflejos intactos puede serlo, no había tenido el menor sobresalto, y de algún modo habían llegado a convencerse de que no lo tendrían nunca.

Un llamado a esa hora ya de por sí es una prueba de fuego para los nervios. Unos balbuceos de Zenón, en respuesta a las frenéticas preguntas de la esposa, le dieron a ésta la clave de lo sucedido. No pudo reprimir una serie de exclamaciones.

—¡Se mató!

—¿Eh?

—¿Qué le pasó?

—Cho…cho… có…

—Pero ¿qué…?

—¿Eh?

—¡Reaccioná, Zenón, por favor! ¡Por la Virgen!

Al fin logró sonsacarle que el niño había tenido un choque, que no se había lastimado, y que alguien quería pegarle. Había llamado desde la ruta, con su celular. ¿Dónde estaba? En la autopista. Volvía a casa. Pero ¿dónde, en qué lugar? No, eso no lo sabía… El fiscal seguía aturdido, en shock, trémulo. Ella tuvo la sangre fría necesaria para llamar al número de celular del hijo, que atendió de inmediato. No se le entendía mucho mejor que al padre. Pero logró dilucidar el sitio donde había sucedido. No sin dificultad, hizo vestir a su marido y lo llevó abajo, lo metió en el auto, encendió ella misma el GPS y lo marcó con el destino; de ese modo se aseguraba de que una voz guiaría al conductor sonámbulo. Ella tenía que quedarse en la casa para atender el teléfono.

El resto de la noche fue una pesadilla sin atenuantes. Recriminaciones, incertidumbres, preocupación por lo grande y por lo pequeño, y para el fiscal la tortura extra de saber que le estaba haciendo a su cuerpo y a su alma lo más a propósito para estar en las peores condiciones posibles en las difíciles jornadas que le esperaban. Esto se potenció cuando encendieron la radio, a las seis como todos los días, para oír las noticias, y se enteraron del hallazgo del cadáver de Jonathan. Eso ponía fin a toda esperanza de calma que pudiera sobrevivir. A partir de ese momento su intervención era inexcusable. Su esposa se levantó, diciendo que quería preparar el desayuno por si acaso el invitado se levantaba temprano… Quizá el desfase horario entre Bolivia y Buenos Aires le alteraba los horarios…

−¡Ricardo! ¡Es cierto! Me había olvidado completamente de él −dijo Zenón. No necesitó entrar en detalles, pero ¿dónde encontraría el tiempo para ocuparse del huésped, encima de todo lo demás?−. Me quedo un rato más acostado, aunque sólo un milagro me haría dormir.

En efecto, tenía un embrollo tan fatal en la cabeza que ni siquiera lograba pensar en una cosa por vez. ¿Por qué tengo que hacerlo todo bien?, se preguntaba. ¿Y si lo hiciera mal? ¿Y si hiciera algo, una sola cosa, por una vez, mal, o al menos regular, imperfecta, como lo hacen mis colegas? Pero se respondía, sacudiendo la cabeza en la oscuridad con profunda amargura: No, no me lo perdonarían. En su vida no había «una vez», sólo había «siempre».

Resultó que el boliviano había dormido toda la noche como un bebé, y no se había percatado de nada. Cuando le contaron del accidente preguntó con cortesía si el chico se había lastimado, y al oír la respuesta negativa se desentendió.

Los planes no se alterarían demasiado. Afortunadamente era domingo. La cena de la noche se realizaría tal como estaba establecido. Por la tarde en cambio Zenón debía acompañar al hijo a firmar los papeles del seguro. Habían hecho una cita con el otro damnificado a las tres de la tarde, en un café del centro.

Zenón se obligó a sugerir también, sobre una taza de café, que por una lamentable coincidencia se había desencadenado durante la noche un caso criminal que lo obligaría a ocuparse…

—Pero ése es tu trabajo —dijo el huésped con una gran sonrisa—, y yo jamás me perdonaría si interfiriera. Al contrario, querría ayudar.

—El hombre propone, y Dios dispone. En fin, ya nos arreglaremos.

Para cambiar de ideas, los dos hombres fueron a tomar un café a media mañana. Fue peor, porque en el café estaba encendido el televisor, y la transmisión seguía sin interrupciones el caso Jonathan. Cuando Ricardo supo que ése era el asunto del que debería ocuparse su amigo, empezó a prestar atención, y a hacer comentarios. Zenón, que detestaba hablar de su trabajo, y sabía bien los peligros que implicaba hacerlo, fue hundiéndose en un silencio cada vez más sombrío.

La única distracción al caso absorbente en la pantalla fue para informar que un conocido cantante bailantero, el Camello Sánchez, había sufrido un accidente de ruta por la noche. Sin consecuencias, aparentemente, pero este anticlímax quedaba contaminado por una confusión anterior. En efecto, a la misma hora y casi en el mismo lugar (en una autopista paralela, a la misma altura), había habido otro accidente de características casi idénticas, con dos muertos. Todo el sistema informativo se había puesto en movimiento al instante, cuando las agencias transmitieron, en la confusión del momento, el nombre del cantante y la expresión «muertos». El traspapelado se justificaba porque una maldición extraña parecía perseguir a los cantantes bailanteros, que después de una fulgurante carrera, cuando estaban a punto de volver a la nada, morían en la ruta y se volvían mitos populares. Aclarado el punto, la salida indemne de la víctimas del accidente se consideró milagrosa, y se le dedicó unos segundos de atención... Para el intenso desasosiego del fiscal, que no podía creerlo, se estaban refiriendo al accidente de su hijo: los monstruos peludos y borrachos con cuyo auto había chocado, y que lo habían amenazado e insultado, no eran otros que el Camello y sus amigos músicos... No estaba en condiciones de evaluar los inconvenientes que esta notoriedad iba a causar, pero no pudo dejar de asombrarse de que si la noticia absorbente que acaparaba toda la atención pública era un caso que dentro de unas horas estaría en sus manos, y había otra noticia con entidad para disputarle siquiera un minuto el interés de la opinión pública, esa otra noticia hubiera sido protagonizada justamente por su hijo.

Y todo eso se acumulaba precisamente en el momento en que llegaba a su casa, después de meses de preparación, su amigo boliviano.

Con él no tenía secretos. Le contó algunos, no muchos. Eso lo animó un poco, pero seguía, en el fondo, completamente angustiado.

En ese momento se le acercó uno de los mozos del café, y con una hipócrita cortesía razonable le sugirió que apagara el cigarro que acababa de encender; era de esa gente primaria que identifica la cortesía con el balbuceo (porque cuando hablan claro y articulado son inevitablemente brutales), por lo cual Mamaní no terminó de entender.

—Pero ése es el sector fumadores —dijo señalando el cartel que lo indicaba.

—Cigarrillos, señor —dijo el mozo subrayando didácticamente la primera palabra—. Los habanos no están permitidos. —Su dicción se hacía cada vez más nítida.

Hubo un *impasse*. Mamaní echó una mirada a las mesas que los rodeaban, todas vacías. Había motivos para discutir, y al mismo tiempo no los había. La actitud del mozo no era amistosa. Seguía de pie junto a ellos, imponiendo su presencia y su ley. Al fin, con un gesto de malhumor, aplastó el costoso Corona en el cenicero, sin una palabra, y el mozo se alejó, también en silencio. Ricardo había seguido la escena con atención, y con un vago gesto de sorpresa contenida.

—Qué pena —comentó—, desperdiciar algo tan bueno…

—Y tan caro.

—Deberíamos habernos ido, y lo terminabas en la calle, total aquí el clima ya se echó a perder.

Un largo silencio.

—Es cierto. No se me ocurrió.

Otro silencio.

—Yo había pensado —dijo Ricardo—, que un fiscal constitucional tenía ciertos privilegios…

—Éste es un país muy democrático. Demasiado democrático.

El pequeño incidente había cristalizado toda la depresión de esas últimas horas difíciles. Se quedó hundido en la silla, con la mirada perdida en el vacío; él y su amigo extranjero, representantes de una raza subyugada, aplastada, pasajera clandestina en el gran tren de la modernidad. Por suerte, Ricardo no percibía nada; su insensibilidad lo acorazaba.

A las tres de la tarde hubo novedades. Cuando llamaron para confirmar la cita con el chocado, hubo una postergación: el famoso Camello estaba en una clínica tomándose radiografías. Y después tenía una conferencia de prensa y entrevistas con la televisión (especificó que no se transmitirían en vivo porque todo el espacio disponible estaba acaparado por el caso Jonathan, pero se filmaría para cuando hubiera tiempo). Lo estaba utilizando como recurso publicitario, y empezaron a temer que ellos pagarían los gastos. De modo que la reunión se postergó para las siete… Pero a esa hora ellos tenían la cena… Hubo que hacer algunas reacomodaciones; los papeles había que firmarlos en el día, pues cuanto más tiempo pasara peor sería. Quedaron en que Mamaní dejaría a su esposa y Ricardo en casa de los amigos que daban la cena, iría con su hijo a la reunión, y volvería lo antes posible. El resto de la tarde lo dedicaron a aclarar los puntos que deberían especificarse en la firma de los documentos, a ensayar los argumentos que expondrían, a ponerse de acuerdo en la versión que se presentaría a la compañía de seguros.

Lo que había parecido muy simple en el primer momento, se complicaba más y más, cuanto más trataban de pensarlo. Un accidente dura un segundo, pero por algún motivo extraño ese segundo se complica y bifurca y se llena de acontecimientos. El joven Mamaní volvía a su casa a las cuatro de la mañana por la autopista, y a la salida del peaje a la altura de Carabobo, ya cerca de la bajada, había una curva larga, nada peligrosa, pero le había impedido ver con la suficiente antelación un auto que avanzaba en su misma dirección, a una velocidad tan ridículamente baja que era casi como si estuviera detenido. Ése había sido el verdadero culpable, y a él no le había pasado nada y quizá ni siquiera se había enterado de que había habido un accidente; siguió de largo, a su velocidad de tortuga, se perdió en la noche y nunca más se supo de él.

Frente a este obstáculo, el joven no había atinado más que a tirarse hacia la derecha para superarlo, y en ese momento el auto del cantante bailantero, que venía, por la izquierda, a mucha más velocidad que él, lo había chocado por el costado. Tras la colisión ambos autos partieron despedidos, uno hacia cada lado, y allí quedaron.

Simple, neto, pero no tanto. Porque al parecer había habido un reventón también, y ése había sido el motivo de la pérdida de control del vehículo. El joven no recordaba. Para él había sido un instante, un relámpago. Pero en el transcurso del día había ido asimilando las consecuencias, la peor de las cuales, por el momento, era que no dispondría por un largo tiempo de su auto, del que había aprendido a depender.

A las siete fueron a la casa de Pedro Perdón y señora. Sólo desembarcaron la señora Mamaní y el boliviano: padre e hijo iban al encuentro del cantante accidentado, con los papeles del seguro. Contaban con estar de regreso en una hora, a tiempo para sentarse a la mesa; el intervalo podría ocuparse con los aperitivos, y con la conversación, para la que estaban seguros de que no faltarían temas de interés común.

En realidad Ricardo no era un escritor, al menos no lo era en el sentido tradicional. La literatura debía de haber cambiado sensiblemente en sus paradigmas para que alguien como él hubiera llegado a ser reconocido como la figura más sobresaliente de la literatura de su país. Se había especializado en informática, y con la colaboración de lingüistas había inventado un sistema de identificación de textos que se pretendía infalible. En realidad no era un asunto muy científico, y los pocos folletos publicados hasta el momento (en los que consistía toda la obra de Ricardo) no hacían más que anunciar, en términos vagamente apocalípticos, la exposición completa. Todo quedaba en el campo de la fantasía, y probablemente era eso lo que lo ponía en el campo de la literatura.

Pedro Perdón, con todo su prestigio intelectual, tampoco era un escritor en el sentido convencional (tal parecía como si nadie lo fuera ya): escribía para la televisión, y su especialidad eran los guiones para castings de espectáculos de realidad. En estos espectáculos lo esencial era la elección de los participantes; esa elección, que antes había sido un preliminar hecho más o menos en secreto, había ido tomando más y más importancia, se la había empezado a teatralizar de modo más elaborado, y más «transparente», con participación del público. El último y más resonante se había titulado «Por qué yo», expresión a todas luces justificada si se pensaba que se habían postulado cien mil jóvenes, de los que había que elegir trece.

La casa era grande, elegantemente despojada, se alzaba en medio de un gran parque arbolado; la planta baja era un semicírculo de salones con paredes de vidrio que daban al parque, y en uno de ellos, provisto de una chimenea encendida, se ubicaron. Perdón tenía una esposa joven y bella, dueña de una cadena de bombonerías. Las revistas del corazón se habían ocupado del matrimonio largamente. Después de haber sido durante años la pareja más rutilante de la café society, él había protagonizado un incidente de violencia a resultas del cual perdió un ojo, y ella lo abandonó; años después volvieron a reunirse.

En su mal castellano con acento aymará, Ricardo se puso a hablar. Decía haber dejado atrás el identificador de textos, ya no le interesaba (con lo que saboteaba el único interés común que podía tener con Pedro Perdón), absorto en una nueva idea: la obtención del «hombre sin archivo».

Quizá la idea era buena, pero su castellano era demasiado malo para verla con claridad. Además, tuvo la falta de delicadeza de no notar que el proyecto contradecía el trabajo del dueño de casa.

La señora Mamaní se ponía nerviosa por la demora. Las ocho, las nueve…

Al fin, un llamado. Era Zenón. Que la reunión había terminado, y salían para allí, pero que empezaran a cenar sin él porque se le había cortado el apetito. No dio más explicaciones; no era necesario porque en media hora estaría allí. Se sentaron. La señora Mamaní estaba preocupadísima.

—Para que a mi marido se le corte el hambre, algo grave tiene que haber pasado.

—Pero ¿qué? ¿Qué? ¿Qué es lo que puede pasar? A fin de cuentas, se trata de un mero trámite, firmar las planillas del seguro.

—Nunca se sabe —decía ella con aire misterioso.

Y en efecto, nunca se sabía.

Cuando llegaron, padre e hijo estaban en el estado más calamitoso de nerviosidad, tanto que a los otros les llevó un buen rato sacarles algo coherente. Seguramente habían venido gritando en el auto todo el tiempo, y no podían parar. El Camello los había esperado con una cantidad de sujetos mal entrazados, que anunciaban su intención amenazante. Y las amenazas, veladas, no habían faltado. Habían salido con los pelos de punta, sólo para iniciar una loca carrera de obstáculos tratando de evitar a los reporteros, afortunadamente pocos.

—¿Pocos?

—Sí —respondió Mamaní recuperando algo de serenidad—. Ese otro asunto los tiene ocupadísimos, por suerte.

Con ese eufemismo se refería al caso Jonathan, del que no se acababan las resonancias. De hecho era un milagro que algún reportero se hubiera hecho tiempo para ocuparse del choque del célebre cantante, dado el momento álgido que se vivía en el caso; después del descubrimiento del cadáver la noche anterior, la opinión pública se inclinaba con un frenesí de interés sobre la reacción de la familia, y la intervención, ahora sí oficial, de la policía.

El dueño de casa le preguntó si se haría cargo del caso. Mamaní asintió con un movimiento de cabeza. Le preguntó si ya había tomado medidas.

–No. Mañana. –Y mirando a Ricardo–. Tendré poco tiempo para ocuparme de vos…

–¡Por favor! Puedo arreglármelas solo.

–Zenón –dijo la anfitriona–, ¿viste la televisión hoy?

–No. ¿Por qué?

–¿Te enteraste de ese asunto de los chicos que robaron un patrullero?

–No. ¿Cuándo?

–Anoche.

–El sabado a la noche pasan cosas raras –dijo la señora Mamaní.

La otra señora se explicó:

–Al parecer fue eso lo que despertó a todo el periodismo, a las cuatro de la mañana. Fue un episodio confuso, no sé cómo pudo ser que dos jovencitos, casi niños, pudieran apoderarse de un patrullero en presencia de los policías que se habían detenido en la autopista para… no sé si investigarlos o auxiliarlos. Lo cierto es que al quedar a pie ellos llamaron al cuartel anunciando el robo, y dijeron que uno de los ladrones… ¡era Jonathan! O al menos respondía a su descripción. Se imaginarán…

–Pero ¿no habían encontrado el cadáver?

–Eso fue unos minutos después, casi al mismo tiempo. El impulso que habían adquirido las agencias noticiosas con la primera falsa noticia les sirvió para encaramarse sin pérdida de tiempo sobre la segunda, lamentablemente auténtica…

—Pobrecito…

—Un momento –dijo Mamaní–, ¿adónde pasó eso?

—En la autopista, a la altura de Carabobo… Más o menos donde fue el accidente de tu hijo…

—Y a la misma hora. Me pregunto si no habrá una confusión ahí, porque a la misma hora y en el mismo lugar hubo otro accidente, en el que murieron dos jóvenes; ésa fue la confusión que lanzó el interés por el accidente de mi hijo con esa bestia del cantante.

Todos hablaban a la vez. La única explicación, por el momento al menos, era que hubieran sucedido tres incidentes simultáneos en el mismo tramo de la autopista: el accidente fatal donde habían muerto dos jóvenes, el accidente sin consecuencias protagonizado por el joven Mamaní y el cantante, y el robo del patrullero por dos jóvenes desconocidos… No era imposible, en efecto, que hubiera un cruce de informaciones y que posteriormente pudiera hacerse una simplificación. Para colmo de coincidencias, a la misma hora se había descubierto el cadáver de Jonathan.

La velada terminó con la propuesta de Pedro Perdón de llevar a Ricardo al día siguiente al museo de los objetos sin huella. Se lo agradecieron con el más sincero alivio, porque era la solución ideal ya que la familia no estaba en condiciones de ocuparse del invitado.

De vuelta en casa, y solos en su cuarto, los Mamaní comentaron la delicadeza y generosidad de Pedro Perdón. Se sintieron culpables de haber criticado tanto su último guión de casting. Lo cierto es que en esta ocasión difícil los sacaba de un apuro.

No obstante esta pequeña compensación, fue otra noche sin sueño y sin descanso para el matrimonio. No había nada que hacerle: un hijo era una preocupación para siempre. Cuando era chico, era la responsabilidad de los padres protegerlo del mundo hostil al que lo habían traído. Pero cuando el niño salía de la infancia era peor, porque la intervención paterna debía hacerse más diplomática, había más flancos que cuidar. Y después… No se dejaba nunca de ser padres. No eran los únicos que se desvelaban con esos pensamientos. El país entero estaba conmovido por la fragilidad de la vida. Era una especie de gran derrumbe generalizado.

En los días que siguieron, la perturbación del fiscal constitucional no hizo más que acentuarse. Se sentía en la corriente de una pesadilla. Cuando los dos jóvenes que habían robado el patrullero fueron capturados, quedaron bajo la jurisdicción de otro fiscal. Mamaní habría preferido que le tocara a él, para tenerlo todo bajo control. Pero ¿qué era «todo»? La simultaneidad no significaba nada, y la sabiduría del Código tenía sus razones para separar los hechos en ramas. La norma indicaba que todos los hechos eran independientes entre ellos, y aunque su angustia pudiera relacionarlos en un solo nudo de tedio y desaliento, su razón no alcanzaba a percibir los nexos. Sabía, empero, que no era necesario que la relación existiera: se la podía crear, como un acto poético de la voluntad. Pero ese trabajo era lento y laborioso, podía exigir muchísimo tiempo. Y tiempo era lo que no tenía, por la definición misma de lo simultáneo.

Su responsabilidad ante el hijo se potenciaba con la responsabilidad de sus deberes de funcionario y viceversa. A veces se preguntaba si el error no estaba en querer demasiado a su hijo. Tanto, que solía decirse «no debería haber tenido un hijo». ¿Para qué tenerlo, si no podía darle la medida justa de amor? El engendramiento siempre es una apuesta, y en su caso se complicaba con el pago de una deuda. (Su madre, embarazada de él, había hecho a pie el camino entre Santa Cruz de la Sierra y Buenos Aires.)

Un grupito de viejos jubilados se reunía siempre en un café, charlaban, jugaban al dominó… Un día el mozo, que los conocía bien, gritó: ¡Juan, tu hijo! El tal Juan se sobresaltó, no entendía (la edad), los gestos del mozo le hicieron comprender que quería decir que su hijo acababa de pasar por la calle. ¡Pero no era posible! Su hijo había desaparecido de su vida muchos años atrás, se había ido para no volver nunca, no sabía nada de él. En la intensa confusión, y el miedo, se levantó, fue a la puerta, miró hacia un lado, después hacia el otro, se quedó inmóvil; la lentitud de sus reacciones y movimientos había hecho que pasara muchísimo tiempo entre la exclamación del mozo y su llegada a la vereda, y los jóvenes caminan rápido… Había pasado una eternidad… El mozo fue tras él, salió, señaló en la dirección en que lo había visto pasar… Quizá no había pasado tanto tiempo: el mozo, sin ser joven, sí era de reacciones rápidas, y su velocidad, aplicada sobre la lentitud del viejo parroquiano, podía invertir la demora.

«¿Es él?», preguntó señalando a alguien de espaldas. Muy cerca, como si apenas hubiera tenido tiempo de dar dos o tres pasos. El viejo balbuceó algo. El mozo gritó un nombre… El otro se dio vuelta, miró, los reconoció, sonrió… ¡Era el hijo! Volvió. Saludó al padre con un beso, le dio la mano al mozo (lo conocía desde que era chico y su padre lo llevaba a ese café), entraron juntos, el hijo saludó a los amigos del padre, se sentó a la mesa, respondió las preguntas…

«¡Tanto tiempo!» «¿Te casaste?» «¿Dónde estas viviendo?»

Todo pasaba con una tranquilizadora naturalidad. El padre no le quitaba los ojos de encima. Su niño, el jovencito que había perdido (por su culpa, quizá, pero no era hora de recriminaciones), la juventud radiante, la belleza, la tersura, la precisión… Pero a medida que pasaban los minutos, o los segundos, bajo su mirada el hijo dejaba de ser joven, envejecía, se arrugaba, se marchitaba, perdía su belleza y su poesía, la realidad lo opacaba, caía interminablemente en el presente…

Pedro Perdón llevó a Ricardo al Museo de Todo lo que ha Dejado Huella, tal como había prometido. Mirando el cartel en la puerta, Ricardo protestó: ¡él quería ir al Museo de Todo lo que No ha Dejado Huella! Y Perdón le respondió:

—¡Son el mismo! Es decir: funcionan en el mismo edificio.

Mientras ellos hacían esa visita «cultural», Zenón se abocaba al trabajo. Sabía, él mejor que nadie, que no se debía «investigar a la víctima», sino al victimario. Pero era lo que hacía siempre, porque había descubierto que no había camino más corto. Después de todo, víctima y victimario habían estado en contacto, y la clave siempre estaba en ese momento, para remontarse al cual valía tanto un hilo como otro, y el más a mano era el de la víctima porque era el que quedaba expuesto.

Según su costumbre, empezó tratando de hacerse una idea general de la situación. El crimen evidentemente se encuadraba en el gran negocio inmobiliario del que era objeto el barrio de Flores. Sobre el tema disponía de un frondoso dosier, a cuya relectura dedicó sus primeros esfuerzos. Había dos puntas, una en el centro, otra en la periferia; esta última era el llamado Bajo de Flores, quinientas hectáreas de descampado fiscal que en cualquier momento quedarían liberadas para su urbanización. La punta central estaba en la plaza Flores, en el corazón comercial del barrio: pronto llegaría hasta allí la prolongación de la línea A del subterráneo, y la especulación ya había comenzado, contando con el aumento de precio de las propiedades.

Las mafias inmobiliarias estaban en plena guerra. Revisó la lista de agentes involucrados. Habría sido demasiada suerte encontrar algún nombre relacionado con la familia de Jonathan; pero esa lista era incompleta. Justamente, el problema era que al saberse fichados, habían involucrado como testaferros a una cantidad imprevisible de vecinos.

El negocio se había encarnizado por una particularidad del barrio. Cien años atrás Flores había sido un pueblo de quintas y casas solariegas, separadas unas de otras por grandes parques arbolados. Con el paso del tiempo todo eso había desaparecido bajo el cemento, y se había construido en cada centímetro. La urbanización había borrado, en Flores y en la memoria, los planos de la antigua ocupación; el descubrimiento de los túneles, y la busca de otros más, hizo que se intentaran reconstrucciones hipotéticas y azarosas de la localización de las viejas moradas. Estos túneles habían sido construidos para que las mujeres pudieran trasladarse a la iglesia (que se encontraba donde ahora se levantaba la basílica, frente a la plaza) a oír la misa. El objeto ostensible de estos pasadizos subterráneos era evitar la humedad los días de lluvia, y el barro de las calles. La leyenda quería que esto no fuera más que una excusa, y que hubiera otros motivos, oscuros.

Algunos de estos túneles se conocían de tiempo atrás; uno de ellos había sido visitado por periodistas y fotografiado. Tenía portalámparas a trechos regulares, y cada cien metros un banco excavado en el muro para hacer descansos. Inclusive se había pensado, sólo por un momento, habilitarlo como atracción turística. Pero todos los túneles conocidos o sospechados se encontraban del lado norte del barrio; meses atrás había empezado a correr la voz de que los había también, y más largos y en más cantidad, del lado sur; algunos llegarían hasta el Bajo mismo.

Las excavaciones del subte, que se acercaban aceleradamente al barrio, hacían urgente el esclarecimiento de este laberinto bajo tierra.

¿Dónde desembocaban? El trazado de la antigua iglesia, obliterado por la fastuosa construcción de la basílica y sus edificios adyacentes, hacía difícil la respuesta.

Mamaní hizo a un lado los papeles, con desaliento, y se quedó pensativo. Encarada por ese lado, la investigación se le hacía ardua. El otro punto por el que debía introducirse en el tema era el de las pasiones, adyacentes al cálculo económico. Le gustaba que su tabla de datos, su «cuadro», también estuviera bien poblado, pero no al modo factual estadístico de la

policía, sino con fantasías heterogéneas. Los crímenes se cometían a fuerza de fantasías, ¿y cómo des-
cubrir una fantasía secreta en el oceáno de pensamientos que cubría el mundo? Había que jugar el
juego del azar y de las conexiones. En general se des-
confía del azar por su cualidad de imprevisible; lo
que no se tiene en cuenta es que el azar, por su funcionamiento mismo, no falla nunca.

Decidió consultar a un viejo marica que conocía
todos los secretos inmobiliarios de Flores. Lo llamaban Cloroformo, años atrás había estado implicado
en el caso de los «jóvenes esclavos», y le debía el favor
de no haber ido preso. El problema sería encontrarlo, pero no creía que se hubiera ido lejos. Esa clase
de monstruos nunca se alejaba demasiado.

Y efectivamente, no estaba lejos, porque Cloroformo no era otro que Aldo. El caso de los jóvenes esclavos no lo había sacado de circulación, simplemente porque se había olvidado de lo que había hecho. Ése era el secreto de su insólita persistencia en la carrera del crimen. Desvanecidas en el mar de la amnesia, sus hazañas tendían a repetirse. La falta de memoria de la que tanto se quejaba era en realidad su principal ventaja relativa. Y en cada ciclo de vida se hacía más peligroso.

A primera hora de la noche, Aldo estaba conversando en la puerta de la pizzería, a solas, con Walter. Se había librado de Rosa con la excusa de que «había cosas que sólo se dicen entre hombres», y le era necesario extraer alguna información a ese chico. En realidad, desconfiaba de él; se había iniciado un juego de traiciones que ya no tendría fin.

Para su sorpresa, fue Walter el que tenía consejos para darle, y apremiantes.

—Aldo, no quiero alarmarte, pero me han dicho que estás hablando mucho con Nardo...

—¡Qué voy a hablar! ¿Quién te lo dijo? ¿Y qué tiene de malo?

—No es posible que a tu edad sigas siendo tan ingenuo. Ese enano es un espía de la policía. Lo han lanzado en la pista de los repartidores, para ver qué sabemos de Jonathan. Es increíble la estrategia ridícula que emplean, seguramente por necesidades del bajo presupuesto. Le compraron un disfraz de Batman para niños de seis años, una careta de loro, y lo pusieron en la calle toda la noche. ¿Sabés quién es en realidad? Es Malvón, el enano puto. Tuvo su cuarto de hora de fama hace unos años…

«¡Malvoncito!», pensaba Aldo. ¡Vaya si lo conocía! ¿Cómo podía haberlo engañado? Es cierto que lo creía muerto. Mil pensamientos se agolparon en su cabeza. Toda una etapa oscura de su vida.

Quedó tan alterado por la revelación que no pudo continuar el diálogo, mucho menos extraerle al chico la información que necesitaba. Por el contrario, se daba cuenta de que había sido engañado todo el tiempo, y bajo cubierta de obtener datos de un caso lo habían estado sondeando sobre otros. ¿Cómo había podido ser tan idiota? Rosa había perdido la vista en el choque con Malvón, y el botín del caso fabuloso de los jóvenes esclavos había desaparecido en ese momento; pero ellos dos eran los que sabían dónde estaba. ¿Cómo había podido ser tan idiota? Se había confiado en poder reconocer al diabólico Malvoncito no bien volviera a aparecer en su vida, si acaso el choque bajo tierra, el resplandor intenso, no lo había matado. ¿Qué había más fácil de reconocer que un enano? Y sin embargo… Se perdió en un mar de conjeturas. No podía dudar de que Malvón-Nardo sí lo había reconocido a él.

—Voy al baño —dijo Walter, y entró a la pizzería. Era una excusa, porque había notado el gesto extraño de su interlocutor, y se desconcertó pensando si no habría dicho algo inconveniente.

El baño estaba arriba. El piso alto estaba oscuro y vacío. Distraído, iba a empujar la puerta del baño de hombres cuando vio al lado la puerta abierta del de damas, y recortada en la luz violenta del interior la figura de Rosa... Por un momento, inmóvil, pensó que ella necesitaba ayuda, y hubo por un instante en su mente juvenil la turbada confusión de no saber si los buenos modales mandaban o impedían prestar auxilio a un no vidente en la circunstancia en que se imponía la diferencia de sexos... La duda tomó una dimensión vertiginosa, como si se hubiera abierto un abismo. Los datos mismos del problema giraban sobre sí mismos. La mirada se volvía contra él, de un modo imposible, en una torsión que deformaba el universo entero, se sentía mirado por un ciego. Y era que Rosa estaba orinando de pie, como un hombre, y un movimiento lateral le mostró que era realmente un hombre, porque sostenía con la mano un miembro de proporciones descomunales.

Instantes después Walter salía despavorido por otra puerta, montaba a su motocicleta sin tomarse el tiempo de ir a buscar el casco, y se perdía a toda velocidad, sin pizza, sin aviso, y definitivamente (porque nunca más lo volvieron a ver en Pizza Show).

Aldo no se percató de nada. Estaba demasiado absorto en sus recuerdos, en sus planes, en su incertidumbre. ¿Debía matar al enano? ¿O antes debía hacerlo confesar? Pero era evidente que Malvón no sabía nada, o no habría vuelto a Flores. ¿Tendría que matar también a Walter? ¿Tendría que seguir matando? ¿Hasta cuándo? De pronto estaba seguro de que Rosa quería matarlo a él… Se dijo: «¡Qué me importa!». En el estado en que se encontraba, la voluptuosidad de aniquilarse, de arrastrar a un agujero todos sus secretos, le parecía preferible al trabajo de seguir tomando decisiones.

Recomenzar, recomenzar siempre… Recomenzar lo ya hecho, lo nunca terminado. Y siempre solo.

Como si viniera directamente del pasado, un llamado lo sacó de su distracción:

—¡Cloro!

Giró la cabeza alocadamente buscando. Estaba sentado solo en una de las mesitas de la vereda. No había nadie.

—¡Cloro!

La voz salía de un auto, un Peugeot blanco estacionado justo atrás de la estrella de motos, en medio de la cual conversaban algunos chicos, que no parecían haber oído nada. Se preguntó si él había oído bien. Más que una palabra, había sonado como un graznido, o una bocina, pero extrañamente susurrado. Y sin embargo, tras el parabrisas había un par de ojos blancos fijos en él. Se levantó, fue hacia el auto, la puerta del lado de la vereda se abrió, invitándolo a entrar. Antes de hacerlo ya había adivinado quién era el misterioso ocupante del vehículo: Zenón Mamaní Mamaní, cuya carrera en la justicia había sido paralela a la suya en el crimen.

Se sentó a su lado y se dieron la mano.

—Tanto tiempo.

El rostro que se le antojaba de piedra lo paralizaba. Rasgos antiguos, tallados en el Ande, el color terroso acentuado por el blanco prematuro de los cabellos, el bigotito de rata, los ojos secos y ardientes.

—No quiero hablar del pasado, Cloro.

—Yo tampoco.

—No sé si sabrá que me ascendieron a fiscal constitucional…

Un breve asentimiento de cabeza por parte de Aldo.

—…y a partir de hoy me encuentro a cargo del caso del chico secuestrado.

—¿Era tu hijo?

Lo que pretendía ser una broma inocente tuvo un efecto deplorable. Los rasgos de Mamaní se descompusieron, y pareció a punto de decir algo desagradable, pero cambió de idea a último momento.

—¿Qué sabe usted del asunto?

Aldo dijo que no sabía nada; en él era un reflejo condicionado, no saber o no recordar. Pero era consciente de que le convenía darle algo, para sacárselo de encima:

—La policía puso a Malvoncito a…

—¡Ya lo sé!

—El padre del chico está en la Sociedad del Jardín.

—¿En serio? —Era una mafia inmobiliaria-sexual que operaba desde una purificadora de agua—. Me lo imaginaba.

Era mentira. Lo había inventado Aldo en ese momento. Temió que le pidiera detalles que le sería menos fácil inventar, así que buscó desesperadamente algo con qué distraerlo. Vio en una de las sillas, vecina a la que él había estado ocupando, el casco que Walter había dejado olvidado. Supuso que el chico estaría en el baño, o charlando adentro.

—Escuchá, Zenón, ahí hay algo que te puede interesar. El casco de Jonathan. Lo dejó la noche que lo secuestraron, y ha seguido aquí desde entonces.

Se lo señaló, y el fiscal lo miró entrecerrando los ojos.

—Querría verlo de cerca.

—Esperá un momento.

Salió, y volvió con el casco, tras echar una mirada furtiva adentro y ver que Walter no estaba a la vista. Mamaní le dio vueltas entre las manos, estudiándolo. No sabía que esos cascos hubieran llegado a tal estado de avance técnico. Tenía un sistema de audición dirigida, transmisor de voz, visor infrarrojo, sensores de viento y temperatura, y otros aparatos cuya finalidad desconocía. Una asociación de ideas le hizo pensar en su hijo: cuando le había comprado el auto, se había esgrimido en la familia el argumento de que era más seguro que una moto. Tal como habían pasado las cosas, el auto no había sido tan seguro. Pero su hijo seguía entero. Se preguntó si el objeto final de ese tipo de cascos no sería remplazar la cabeza, en todas sus funciones. Una cabeza que se ponía y se sacaba.

–Pero ¿cómo es posible que lo haya dejado aquí? –preguntó–. ¿No se lo ponen siempre cuando salen?

–No lo dejó aquí –improvisó Aldo–. Ni siquiera trabajaba aquí. Sólo sé que el casco es de él, y que lo exhiben de pizzería en pizzería.

–Me lo llevo –dijo Zenón poniéndolo en el asiento de atrás–. Voy a hacerlo estudiar.

Aldo arqueó las cejas. No se atrevió a protestar. Confiaba en que nadie lo hubiera visto tomarlo.

Se despidieron, y el Peugeot se perdió deprisa rumbo al oeste.

Aldo empezaba a preguntarse qué hacer cuando recordó que Rosa había desaparecido hacía rato. Entró a la pizzería preguntando por ella. No estaba en ninguna parte. Su alarma se propagó casi instantáneamente. Alguien creía haberla visto salir, sola, por la puerta equivocada. Otros no.

La sucesión de acontecimientos había alterado a Aldo; el estado en que se encontraba fue universalmente malentendido como angustia por la suerte de su esposa. Todos se compadecieron, y se organizó una busca. El administrador dio permiso para que los motociclistas recorrieran el barrio en busca de la ciega perdida («no puede haber ido muy lejos») y allí partieron. Aldo tuvo motivos para arrepentirse de su falta de sangre fría. Podía haber explicado la ausencia de Rosa con cualquier pretexto. Ahora, las fuerzas del azar estaban desencadenadas, y no dudaba que se pondrían en su contra.

Uno de los motociclistas había encontrado a Nardo, que pretendía disimularse en lo alto de la copa de un plátano, y le había preguntado si por casualidad no había visto a Rosa...

—¿Qué rosa?

—La esposa de Aldo...

El enano, que conocía la verdadera identidad de Rosa, adivinó en este accidente, fuera cual fuera, una ruptura en la sociedad de sus dos más encarnizados enemigos, y decidió que había llegado la hora de actuar.

En efecto, se había producido una de esas coincidencias que no pueden dejarse pasar. Por sus contactos en la policía, el enano espía estaba enterado de que se hallaba de visita en Buenos Aires Ricardo Mamaní González, el hijo desheredado de uno de los barones del estaño boliviano. Cuando la nacionalización del estaño, el viejo Mamaní Flores se había instalado en la Argentina, y a su muerte había dejado un complejo testamento por el que su enorme fortuna serviría para crear una Fundación de apoyo a las Artes y las Letras, único modo de ponerla fuera del alcance de su único hijo, Ricardo, al que odiaba (por creerlo adulterino). Los albaceas habían maniobrado de modo de ubicar los capitales en Luxemburgo, y la Fundación había funcionado todos estos años como el centro vital de financiamiento de la actividad artística de la Argentina.

El doctor Corazón, presidente de la Fundación en el país, había sido persuadido de desviar fondos para las especulaciones inmobiliarias de Flores. El dinero se había distraído mediante el otorgamiento de sustanciosas becas y subsidios a artistas y escritores inexistentes. Corazón había contratado discretamente a un hombre de su confianza para que creara la documentación con la que cubrir la superchería: catálogos de exposiciones, programas de puestas en escenas, libros, folletos, vídeos, discos.

La presencia en Buenos Aires de Ricardo Mamaní González no había pasado desapercibida a la policía porque había sido la explicación presentada por su anfitrión, el fiscal constitucional, para demorar un día sus tareas en el caso Jonathan. Eso le daba a Nardo la clave de la localización del heredero desheredado, y la ocasión de matar dos pájaros de un tiro. Y debía actuar rápido, mientras la banda de jovencitos en moto siguiera rastrillando el barrio.

Uno de los horrores que adornaron el célebre caso, y el que mantuvo más intrigada a la opinión pública durante los días que siguieron al desenlace, fue la desaparición de la cabeza de Jonathan. Aun sin ella, los restos mutilados habían sido identificados en el primer momento por la familia, pero después surgieron dudas, y la estricta prohibición de filtrar datos a la prensa emitida por el fiscal constitucional tendió un velo de misterio sobre el asunto.

Como todos estaban seguros de que la cabeza terminaría por aparecer en un momento u otro, se creó una especie de psicosis colectiva de suspenso. Podía estar en cualquier parte, podía asaltar la mirada espantada de cualquiera en cualquier momento, el más inesperado, es decir todos.

Pero ¿qué lugar es «cualquiera»? La televisión volvía a dar la clave. Sobre todo porque la única imagen que pudo obtener del huidizo fiscal constitucional lo mostraba entrando al Palacio de los Tribunales con un casco de motociclista bajo el brazo. No se necesitaba más para encender la mecha de la imaginación popular.

Ajeno a todo esto, Zenón seguía ocupándose, en la medida de lo posible, de su huésped. Por la tarde, se habían hecho la costumbre de tomar un aperitivo en el jardín; Ricardo tenía el hábito de tomar un whisky cuando se ponía el sol, y eso les daba la ocasión de reunirse y charlar. Zenón no bebía, su esposa tampoco, el hijo solía acompañar al huésped con una cerveza, pero les agradaba que alguien bebiera en la casa, y que la transparencia risueña del alcohol se difundiera entre ellos, como un exotismo. El clima les permitía aprovechar el jardín, que si bien pequeño (Zenón decía que era «un jardín de un ambiente») les permitía cambiar de aire y de humor. Estaban agradecidos de tenerlo; un jardín era un lujo en Buenos Aires; pero era corriente en ese sector del barrio, el llamado de las «casitas baratas», lindante con el Bajo de Flores. Había sido un barrio para la clase media modesta, construido en la década de 1920; casas unifamiliares todas iguales, en manzanas delgadas para aprovechar más el terreno, sobre un trazado laberíntico de callecitas en arco. Con el tiempo había desmentido el nombre: las «casitas» habían dejado de ser diminutivas, relativamente a la reducción de metros cuadrados en la que se apiñanaba la población de la ciudad; y de baratas habían pasado a ser caras.

Ricardo pretendía ser estricto con la hora en que se servía el whisky: cuando se ponía el sol. Pero era un límite bastante perspectivístico. Lo comentaban riéndose, lo llamaban para que bajara de su cuarto donde se pasaba las tardes leyendo las obras de Pedro Perdón: «¡Llegó la hora!». «¡Te estamos esperando!» Él se asomaba a la ventana: «¿Ya se puso el sol?». «¡Aquí abajo sí!» El chiste, que les daba materia para inagotables variaciones, era que el Bajo necesariamente hacía que el horizonte subiera y el sol se pusiera antes. «¿No debería ser al revés?», decía Ricardo simulando una profunda duda.

El cielo viraba a un azul profundo, después de que las últimas nubecitas rosa pasaran rumbo al norte, ellos prolongaban la charla, los pájaros llenaban los silencios. Zenón disfrutaba intensamente ese momento de relax, sólo ensombrecido por el presentimiento de la próxima partida de su amigo. Ricardo parecía estar pasándolo bien, y ya había mencionado la posibilidad de otra visita en un año. La dueña de casa le había encarecido la importancia de su presencia en esos momentos difíciles: su marido no aprendía a poner en sus lugares relativos la vida profesional y la privada, y dejaba que el trabajo le envenenara la vida doméstica. «Si no estuvieras con nosotros, el crimen nos estaría sofocando.» Si a eso se sumaba el accidente sufrido noches atrás por el hijo, su estada con ellos se hacía providencial para aligerar una atmósfera demasiado cargada.

En realidad, Zenón evitaba hablar en la casa de sus responsabilidades; más aún delante del invitado, con el que prefería explorar los temas artísticos que le interesaban a su esposa (ella era escultora). Pedante y seguro de sí mismo, Ricardo peroraba.

—El arte está buscando siempre lo nuevo, y lo nuevo ha terminado identificándose con lo distinto. Se ha producido una reversión de causas y efectos, y ahora basta con que sea distinto. Y la realidad se define por lo distinto. Pero el crecimiento vegetativo de la población, y el aumento relativo de artistas en la sociedad contemporánea, ha multiplicado lo distinto artístico a tal extremo que hoy casi puede asegurarse que cualquier configuración de la realidad ha sido anticipada en el arte.

—¿Todas? ¿Inclusive este momento delicioso de paz doméstica que estamos viviendo? —dijo Zenón—. ¿La hora, la reunión de nosotros cuatro, tu whisky, mi jugo de tomate, el jardín, la charla?

—¡Seguro! No literalmente, por supuesto, pero en sus componentes cruciales, en su mecanismo, en su significado, este momento ya debe de estar en novelas, cuadros, música…

—Es un poco vago.

—Pero podría tener una aplicación más precisa, y hasta práctica, en predicamentos de realidad más complicados o más intrigantes… Por ejemplo un crimen a resolver. ¿Cómo pasó? ¿Quién lo hizo? ¡Ya está resuelto en alguna obra de arte, podría apostarlo! Sólo hay que saber verlo (pero es tan difícil ver el arte)…

Un gesto de interés, de interés casi doloroso, asomó al rostro de Zenón. Su esposa, adivinando adónde iban sus pensamientos, se apresuró a desviar el tema.

—Es una cuestión de combinatoria, Ricardo. Como decir que un mono aporreando al azar una máquina de escribir durante toda la eternidad, terminará escribiendo toda la literatura…

—¡Exactamente! Y eso es lo que se ha hecho realidad, en el estado actual del arte.

—Me estás dando la razón entonces: se hace demasiado arte.

Con esto la señora Mamaní se refería a una cordial controversia que la enfrentaba con Ricardo. Éste era un entusiasta del arte contemporáneo, y había reunido una importante colección allá en Bolivia, mientras que ella lo consideraba casi en bloque un gran fraude. Caballeresco, Ricardo usaba argumentos desviados para defender a los jóvenes artistas que la señora tenía directamente por delincuentes; decía por ejemplo que si bien la calidad intrínseca de las obras podía dejar que desear, en su intención general creaban un estímulo para la vida y la creación, y eso era lo que él apreciaba… En realidad mentía: le gustaba el arte contemporáneo porque sí, porque le gustaba, y había descubierto que le gustaba más él que a ella le gustaba menos. El fondo del disenso podía estar en que ella era artista, y veía la cuestion desde una perspectiva técnica. Era escultora, hija de un famoso escultor filipino, había aprendido el oficio por el camino difícil, y lo juzgaba todo en términos de la ética del trabajo. Quiso la casualidad que uno de los artistas favoritos de Ricardo fuera un suizo, Andreas Dobler, cuya obra consistía en cuadros «conceptuales» (es decir, mal pintados, o pintados por asistentes) que representaban esculturas imaginarias. Eso le parecía a la señora Mamaní el colmo del fraude; se había enterado de la existencia de Andreas Dobler por casualidad, y la había escandalizado. Cuando supo que Ricardo había comprado varias obras de Dobler, por decenas de miles de dólares cada una, había puesto el grito en el cielo. No encontraba injusticia mayor en el mundo, que ese falsificador de arte (según ella) ganara con uno solo de sus adefesios, confeccionado en quince minutos, más que su esposo en un año de duro trabajo, y ella sabía mejor que nadie lo duro que era.

Siempre en su táctica de evitar la confrontación, Ricardo optó por darle la razón una vez más:

—En efecto, ¡nunca lo he negado! Hay demasiados artistas. La lógica de la diferencia así lo exige. Si se trata de hacer algo distinto, y todo lo que no sea igual es distinto...

—Qué decadencia.

—«Que florezcan mil flores.»

—Prefiero mi jardín.

—Otra causa sobredeterminante es el subsidio al arte. La necesidad de dar empleo al dinero excedente en el capitalismo postindustrial ha puesto el pago antes que el trabajo, y vemos crecer la cantidad de artistas que son mantenidos y premiados por su arte antes de que hagan las obras. Cuando les llega la hora de hacerlas, hacen cualquier cosa. —No dijo «y eso es lo que me gusta».

—¿Qué esperamos para hacernos todos artistas? —dijo Zenón riéndose.

—Es lo que pasa —siguió Ricardo—, con la Fundación que creó mi padre para desheredarme.

Era la primera vez que mencionaba ese hecho traumático de su vida, que sus anfitriones conocían pero callaban por delicadeza. Ya que él tomaba la iniciativa, y lo hacía con tanta naturalidad, la señora Mamaní comentó que años atrás ella había pedido un subsidio a la Fundación, para llevar adelante su trabajo artístico, y se lo habían negado. No había sido otro el motivo de su abandono de la escultura.

—Comprendo tu justo resentimiento —dijo Ricardo mintiendo sólo a medias—. Es coherente con la política del doctor Corazón.

—Pusieron como excusa la edad.

—¡Miserables! A una dama…

—Uno de los ganadores de ese año en el rubro «escultura» presentó poco después su obra, y una de sus «esculturas», entre comillas, era una frase. —Silencio—. Una frase.

—¿Una frase esculpida en algún material, como en el Alph-Art?

—¡No! Una frase escrita, o dicha, como si fuera… no sé… un proyecto de escultura, salvo que según él ésa era la escultura.

—¿Sin ningún soporte material?

—Ni el más mínimo.

—¡Y qué frase! —dijo Zenón.

—Una chanchada, me imagino.

—Peor que eso. Lamentablemente, me quedó grabada en la memoria —dijo la señora riéndose.

—¿Cómo era?

—No preguntes —dijo Zenón—, te va a dar pesadillas.

Pero Ricardo miraba interrogante, con una sonrisa sobre su vaso de whisky, a la señora, que recitó con sorna:

—«Mientras José y María experimentaban por primera vez el sexo anal, Josecito, que desde el cuarto contiguo oía los gemidos, acariciaba la cabeza cortada de su hermano muerto.»

—Vaya. Me imagino las interpretaciones encomiásticas que le habrá inspirado a ese crítico que los promueve...

—Pix. —En los labios de la señora Mamaní el nombre del prestigioso teórico de la vanguardia sonó como un escupitajo.

—Ese mismo: Pix. A propósito de él, yo tengo pensado iniciarle un nuevo juicio a la Fundación, por ciertas sospechas que se me han despertado, y como este Pix parece especializado en los artistas que la Fundación viene subsidiando los últimos años, querría averiguar sobre él...

Los Mamaní lo miraban con un gesto de asombro inenarrable, pues empezaban a calibrar la magnitud del malentendido sobre el que habían estado parados los últimos días. Mientras la sorpresa los mantenía mudos y boquiabiertos, Ricardo seguía preguntando:

—¿No saben dónde podría conseguir una recopilación de sus críticas...?

—Pero...

—... no sé si las habrá reunido en un libro...

—¡Pero!

—¡Pero si lo has estado leyendo todo este tiempo! ¡Pix es Pedro Perdón! ¡Es su seudónimo! —Zenón y su esposa hablaban al mismo tiempo, lo que aumentaba el desconcierto que la revelación le había provocado a Ricardo.

—¿No lo sabías? ¿No te lo habíamos dicho? Creíamos que lo sabías.

—Pero entonces… —Ricardo trataba de reordenar sus ideas, y el recuerdo de sus ideas—. Todo lo que hablé con él… Me lo ocultó.

—No —dijo Zenón—, no lo oculta, para nada. Probablemente él también dio por sentado que lo sabías.

Era cierto que en la vida real solían darse esas confusiones, que podían durar indefinidamente si un azar de la conversación no sacaba a luz el detalle que las disipaba. En este caso, el malentendido tenía unos pliegues extra:

—Y sin embargo, él me dio sus libros de casting, esas historias de vidas y esperanzas juveniles, y no sus críticas de arte.

—¡Error! Esos libros que estuviste leyendo son sus críticas.

—Creí que eran novelas oportunistas —dijo Ricardo, atónito.

La señora Mamaní soltó la risa:

—Eso es lo que les pasa a los amantes del arte contemporáneo: tienen tal confusión en la cabeza que toman cualquier cosa por cualquier otra cosa.

—No, no es tan así —dijo Ricardo, por una vez no tan contemporizador, quizá porque estaba muy absorto en una línea de pensamiento que le había abierto la revelación–. No es «cualquier cosa»... o sí lo es, pero al mismo tiempo es una cosa muy precisa. Quiero decir... Perdón por mis tartamudeos, pero estoy tratando de reinterpretar sobre la marcha todo lo que leí, y lo que me estuvo contando Pedro cuando visitamos el Museo... Por lo pronto, ahora me explico el interés que me produjo. Creía que era una coincidencia, un efecto del Zeitgeist... Ahora empiezo a ver que era la cosa misma.

–¿Y cuál es esa cosa?

–Ni más ni menos que las sospechas por las que hice este viaje. Debo explicarme, y ante todo decirles que si no les conté toda la verdad sobre los motivos de mi visita no fue por guardar un secreto sino para no complicarlos a ustedes, por lo menos hasta no haber confirmado mis temores. Hace casi un año empecé a pensar que la Fundación estaba financiando a artistas inexistentes, con el fin de desviar fondos para las operaciones inmobiliarias del doctor Corazón. Supuse que iba a ser muy difícil probarlo, dadas las características del arte en la actualidad. Y lo es. Dificilísimo. ¿Qué existe y qué no existe en el arte? Pero al mismo tiempo es facilísimo, basta con hacer coincidir «cualquier cosa» con «cualquier cosa»...

–Todo está en entregarse a una gran credulidad –dijo la señora Mamaní.

–Así es. Quizá tengas razón después de todo.

Poniendo entre paréntesis la cuestión de la creencia, empezaron a analizar la cuestión metódicamente. Pix-Perdón había inventado y descrito los artistas y sus trabajos. Para cubrirse, los había ubicado en la borrosa área intermedia de realidad donde estaba la televisión y las fantasías colectivas. Ahí nada dejaba huellas porque todo era huellas. De modo que cada «obra» se correspondía con un hecho social, y no les resultó difícil ir uniéndolos. Ricardo tenía frescos los extremos artísticos, por sus lecturas recientes, y el matrimonio ponía los de la realidad argentina. Al principio con timidez, en términos hipotéticos; después fueron arriesgándose cada vez más. Era como armar un rompecabezas en el que algunas piezas fueran de verdad y otras no, pero todas coincidieran mágicamente, por el borde de su heterogeneidad.

Así se les hizo de noche. El cielo sobre el jardín se fue llenando de estrellas, al principio ellas también tímidas y vacilantes, después afirmándose sobre un azul que se aterciopelaba. Hasta Zenón, que era tan estricto con los horarios por su temor a la hipoglucemia, se olvidó de la cena. Las correspondencias arte-realidad lo tenían absorto. Ya había dejado de importarle que el arte fuera inexistente, y la realidad casual. La convergencia creaba una forma distinta de realidad, en la que todo era contiguo.

Así fueron desfilando ante ellos el reparto de pizzas a domicilio, las motonetas, la cieguita que conducía al Sueño, el avechucho nocturno, el niño sacrificado, la cabeza, los autitos chocadores…

—…Y todo debería culminar —dijo Ricardo al fin— en una gran instalación de monjas.

—¿Monjas?

—¿Monjas? —repitió Zenón inclinándose hacia delante, muy interesado.

—En la ficción se llama La Cartuja Mínima del Sagrado Corazón…

—Pero eso existe —murmuró la señora Mamaní.

—… que según Perdón es el emergente de una red de jovencitos perversos, el santuario de «los esclavos libres». Es un colectivo anarquista, que hace vídeos. Carísimo, porque usa tecnología de última generación. Costó millones.

—¿Existe? —le preguntó Zenón a su esposa, que le recordó el sitio (en la calle José Bonifacio, frente a la Universidad Teológica), donde habían planeado instalar a la madre de él, y no habían podido hacerlo justamente por su costo desmesurado.

—¿No será demasiado tarde para hacerles una visita?

Zenón ya iba hacia el auto, y Ricardo tras él:

—Te acompaño.

Y así fue como todos los personajes coincidieron en el Instituto Sagrado. Porque Aldo también había acudido, a la zaga de los demás; lo llevó Nardo. El enano lo fue a buscar a Pizza Show, lo encontró, tal como suponía, aturdido y confundido, perdido sin su guía ciego, y no le costó trabajo convencerlo de que Rosa estaba con las monjas, cavando por el tesoro. El botín de los jóvenes esclavos seguía allí, y a esa hora el mismo doctor Corazón debía de saberlo, y ya no necesitaba comprar más propiedades en Flores. La evolución de la aventura había llegado al último estadio. La única chance que le quedaba a la obsesión era adelantarse al tiempo…

Aldo tocó el timbre (el enano no alcanzaba), y cuando una monjita salió a abrirle la durmió con el truco al que le debía su apodo (Cloroformo), mientras Nardo se introducía por debajo del hábito y corría hacia la entrada de los túneles.

Cuando llegó el fiscal constitucional con su amigo boliviano, les bastó con seguir el rastro de monjas dormidas para llegar a la puerta trampa. Antes de bajar, Zenón llamó por teléfono a la policía. La escalera descendía unos diez metros y desembocaba en un pasadizo que corría en línea recta norte-sur. Tomaron la primera dirección, que era la que conducía al subsuelo del barrio de las casitas baratas y quizá más allá, hasta el Bajo. Una lucecita encendida cada cincuenta metros bastaba para que no tropezaran demasiado. Corrieron un cuarto de hora. En una gran rotonda, el túnel se bifurcaba locamente, y un extraño espectáculo discontinuo se presentó ante sus ojos.

Varias figuras de hombres se desplazaban a toda velocidad por los túneles, en una dirección o en otra, reaparecían por las curvas, siempre demasiado rápido para gente corriendo a pie, con un paso demasiado liviano para caballeros que no eran jóvenes ni bien formados. Era como si los moviera una fuerza superior, cuyos mecanismos de acción fueran invisibles.

Ricardo no conocía a ninguno, así que Zenón se los fue nombrando a medida que aparecían.

–Ése es Cloroformo, un legendario criminal del barrio, uno de los fundadores de la Banda del Jardín. Yo tengo toda la intención de hacer de él un «arrepentido», pero no sé…

–No parece de los que se arrepienten.

–Se ha vuelto mecánico, el crimen lo ha deshumanizado.

–Es como si hubiera vivido demasiado.

–Ese enanito que va por allá es Malvón en Flor, otro pájaro de avería.

–Parece inofensivo.

—Es de lo peor.

—Qué raro —dijo Ricardo—, que un enano tome el camino del mal, con tantas posibilidades laborales que les da la naturaleza. Los enanos son muy buscados.

—Aquel gordo es el doctor Corazón.

—¿Ése es el famoso Corazón? Creí que se movía en otros círculos.

—Qué redada va a hacer la policía cuando llegue.

—¡Un momento, Zenón! A aquel que va por allá lo conozco. ¡Es Pedro Perdón!

—En efecto, es Pix: otro que se revela.

La pasarela de los monstruos les deparó a continuación una imagen especialmente truculenta.

—Ahí viene Resplandor, el ciego que tanto daño ha causado…

Sobre la calva le bailoteaba la peluca de «Rosa», y conservaba el vestido y los zapatitos de tacón, pero la falda estaba arremangada y el miembro erecto, color lacre viejo, se sacudía hacia delante y atrás como en un coito furioso. El ciego sostenía con las dos manos, tomada por el pelo, la cabeza de Jonathan, metiéndole la nariz en la nuca, jadeando palabras obscenas contra las orejas muertas. Debía de creer que a la cabeza le seguía un cuerpo, y creía estar violándolo; curioso que no le llamara la atención la poca resistencia que ofrecía el canal anal a su introducción; la falta de vista se revelaba importante después de todo.

Él también se perdió por los pasadizos, y volvió a aparecer por otro lado.

—Pero ¿por qué se mueven tan rápido todo el tiempo? —dijo Ricardo—. Si se están persiguiendo, ¿quién persigue a quién? ¿Y por qué nunca se alcanzan?

—Eso no lo sé. Pero advierto que nosotros también estamos adquiriendo cierto movimiento. ¿A qué se deberá?

Lo habría sabido si hubiera podido ver a través del espesor de tierra que los separaba de la superficie. Allí arriba, en el laberinto de calles del barrio «de las casitas baratas», Walter en su moto había divisado a Diego, también en su moto, y se había lanzado en su persecución. Las calles, con sus caprichosas vueltas y revueltas, estaban desiertas, y las dos motos corrían sin encontrar obstáculo, cada vez más rápido, más rápido… sin alcanzarse nunca, sin saber ya quién perseguía a quién. El movimiento se liberaba de la finalidad, se hacía desinteresado y puro como era puro el amor que lo había iniciado. Quizá para una mirada desde lo alto los recorridos de las motos formaran palabras, un mensaje oculto que diría:

WALTER

AMA

A

DIEGO

O bien, mirando desde abajo:

DIEGO

AMA

A

WALTER

Y la irradiación de ese mensaje magnetizaba a los muñecos del subsuelo y los arrastraba en la misma danza, pero invertida.

El Amor Puro creaba una energía que se expandía a los recesos más lejanos del Universo, y esa noche hubo una reacomodación de las estrellas en el firmamento y se formó una constelación nueva justo encima de Flores, en la que muchos quisieron ver los recorridos de las rutas llevando pizzas, y la llamaron la constelación «Delivery».

8 de mayo de 2003